宋韵文化生活系列丛书

应雪林　主编

SONGREN
XIANQING

宋人闲情

简墨　仪大威　著

徐吉军　图

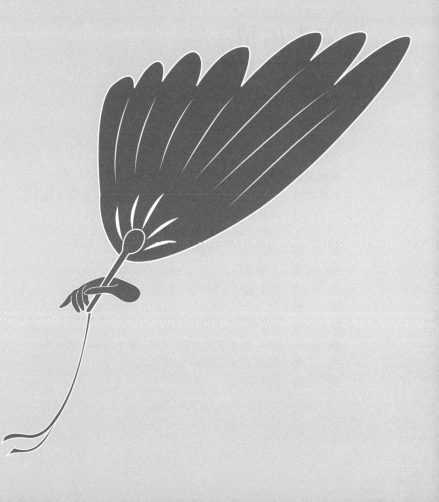

杭州出版社

图书在版编目（CIP）数据

宋人闲情 / 简墨，仪大威著 . -- 杭州：杭州出版社，2023.4
（宋韵文化生活系列丛书）
ISBN 978-7-5565-2017-6

Ⅰ . ①宋… Ⅱ . ①简… ②仪… Ⅲ . ①宋诗—诗集②宋词—选集 Ⅳ . ① I222.7 ② I222.844

中国国家版本馆 CIP 数据核字（2023）第 003880 号

项目统筹　杨清华

SONGREN XIANQING
宋人闲情
简墨 仪大威 著　徐吉军 图

责任编辑	何智勇　夏沁怡
责任校对	陈铭杰
美术编辑	王立超
责任印务	姚　霖
装帧设计	蔡海东　倪　欣
出版发行	杭州出版社（杭州市西湖文化广场 32 号 6 楼）
	电话：0571-87997719　邮编：310014
	网址：www.hzcbs.com
印　　刷	浙江海虹彩色印务有限公司
经　　销	新华书店
开　　本	710 mm×1000 mm　1/16
印　　张	14.5
字　　数	185 千
版 印 次	2023 年 4 月第 1 版　2023 年 4 月第 1 次印刷
书　　号	ISBN 978-7-5565-2017-6
定　　价	128.00 元

浙江文化研究工程成果文库总序

习近平

有人将文化比作一条来自老祖宗而又流向未来的河，这是说文化的传统，通过纵向传承和横向传递，生生不息地影响和引领着人们的生存与发展；有人说文化是人类的思想、智慧、信仰、情感和生活的载体、方式和方法，这是将文化作为人们代代相传的生活方式的整体。我们说，文化为群体生活提供规范、方式与环境，文化通过传承为社会进步发挥基础作用，文化会促进或制约经济乃至整个社会的发展。文化的力量，已经深深熔铸在民族的生命力、创造力和凝聚力之中。

在人类文化演化的进程中，各种文化都在其内部生成众多的元素、层次与类型，由此决定了文化的多样性与复杂性。

中国文化的博大精深，来源于其内部生成的多姿多彩；中国文化的历久弥新，取决于其变迁过程中各种元素、层次、类型在内容和结构上通过碰撞、解构、融合而产生的革故鼎新的强大动力。

中国土地广袤、疆域订阔，不同区域间因自然环境、经济环境、社会环境等诸多方面的差异，建构了不同的区域文化。区域文化如同百川归海，共同汇聚成中国文化的大传统，这种大传统如同春风化雨，渗透于各种区域文化之中。在这个过程中，区域文化如同清溪山泉潺潺不息，在中国文化的共同价值取向下，以自己的独特个性支撑着、引领着本地经济社会的发展。

从区域文化入手，对一地文化的历史与现状展开全面、系统、扎实、有序的研究，一方面可以藉此梳理和弘扬当地的历史传统和文化资源，繁荣和丰富当代的先进文化建设活动，规划和指导未来的文化发展蓝图，增强文化软实力，为全面建设小康社会、加快推进社会主义现代化提供思想保证、精神动力、智力支持和舆论力量；另一方面，这也是深入了解中国文化、研究中国文化、发展中国文化、创新中国文化的重要途径之一。如今，区域文化研究日益受到各地重视，成为我国文化研究走向深入的一个重要标志。我们今天实施浙江文化研究工程，其目的和意义也在于此。

千百年来，浙江人民积淀和传承了一个底蕴深厚的文化传统。这种文化传统的独特性，正在于它令人惊叹的富于创造力的智慧和力量。

浙江文化中富于创造力的基因，早早地出现在其历史的源头。在浙江新石器时代最为著名的跨湖桥、河姆渡、马家浜和良渚的考古文化中，浙江先民们都以不同凡响的作为，在中华民族的文明之源留下了创造和进步的印记。

浙江人民在与时俱进的历史轨迹上一路走来，秉承富于创造力的文化传统，这深深地融汇在一代代浙江人民的血液中，体现在浙江人民的行为上，也在浙江历史上众多杰出人物身上得到充分展示。从大禹的因势利导、敬业治水，到勾践的卧薪尝胆、励精图治；从钱氏的保境安民、纳土归宋，到胡则的为官一任、造福一方；从岳飞、于谦的精忠报国、清白一生，到方孝孺、张苍水的刚正不阿、以身殉国；从沈括的博学多识、精研深究，到竺可桢的科学救国、求是一生；无论是陈亮、叶适的经世致用，还是黄宗羲的工商皆本；无论是王充、王阳明的批判、自觉，还是龚自珍、蔡元培的开明、开放，等等，都展示了浙江深厚的文化底蕴，凝聚了浙江人民求真务实的创造精神。

代代相传的文化创造的作为和精神，从观念、态度、行为方式和价值取向上，孕育、形成和发展了渊源有自的浙江地域文化传统和与时俱进的浙江文化精神，她滋育着浙江的生命力、催生着浙江的凝聚力、激发着浙江的创造力、培植着浙江的竞争力，激励着浙江人民永不自满、永不停息，在各个不同的历史时期不断地超越自我、创业奋进。

悠久深厚、意韵丰富的浙江文化传统，是历史赐予我们的宝贵财富，也是我们开拓未来的丰富资源和不竭动力。党的十六大以来推进浙江新发展的实践，使我们越来越深刻地认识到，与国家实施改革开放大政方针相伴随的浙江经济社会持续快速健康发展的深层原因，就在于浙江深厚的文化底蕴和文化传统与当今时代精神的有机结合，就在于发展先进生产力与发展先进文化的有机结合。今后一个时期浙江能否在全面建设小康社会、加快社会主义现代化建设进程中继续走在前列，很大程度上取决于我们对文化力量的深刻认识、对发展先进文化的高度自觉和对加快建设文化大省的工作力度。我们应该看到，文化的力量最终可以转化为物质的力量，文化的软实力最终可以转化为经济的硬实力。文化要素是综合竞争力的核心要素，文化资源是经济社会发展的重要资源，文化素质是领导者和劳动者的首要素质。因此，研究浙江文化的历史与现状，增强文化软实力，为浙江的现代化建设服务，是浙江人民的共同事业，也是浙江各级党委、政府的重要使命和责任。

2005 年 7 月召开的中共浙江省委十一届八次全会，作出《关于加快建设文化大省的决定》，提出要从增强先进文化凝聚力、解放和发展生产力、增强社会公共服务能力入手，大力实施文明素质工程、文化精品工程、文化研究工程、文化保护工程、文化产业促进工程、文化阵地工程、文化传播工程、文化人才工程等"八项工程"，实施科教兴国和人才强国战略，加快建设教育、科技、卫生、体育等"四个强省"。作为文化建设"八项工程"之一的文化研究工程，其任务就是系统研究浙江文化的历史成就和当代发展，深入挖掘浙江文化底蕴、研究浙江现象、总结浙江经验、指导浙江未来的发展。

浙江文化研究工程将重点研究"今、古、人、文"四个方面，即围绕浙江当代发展问题研究、浙江历史文化专题研究、浙江名人研究、浙江历史文献整理四大板块，开展系统研究，出版系列丛书。在研究内容上，深入挖掘浙江文化底蕴，系统梳理和分析浙江历史文化的内部结构、变化规律和地域特色，坚持和发展浙江精神；研究浙江文化与其他地域文化的异同，厘清浙江文化在中国文化中的地位和相互影响的关系；围绕浙江生动的当代实践，深入解读浙江现象，总结浙江经验，指导浙江发展。在研究力量上，通过课题组织、出版资助、重点研究基地建设、加强省内外大院名校合作、整合各地各部门力量等途径，形成上下联动、学界互动的整体合力。在成果运用上，注重研究成果的学术价值和应用价值，充分发挥其认识世界、传承文明、创新理论、咨政育人、服务社会的重要作用。

我们希望通过实施浙江文化研究工程，努力用浙江历史教育浙江人民、用浙江文化熏陶浙江人民、用浙江精神鼓舞浙江人民、用浙江经验引领浙江人民，进一步激发浙江人民的无穷智慧和伟大创造能力，推动浙江实现又快又好发展。

今天，我们踏着来自历史的河流，受着一方百姓的期许，理应负起使命，至诚奉献，让我们的文化绵延不绝，让我们的创造生生不息。

2006 年 5 月 30 日于杭州

让我们回望千年，一同走进宋人的世界

目 录
Contents

引　言　　　　　　　　　　　　　　　1

文化娱乐篇　佳气郁郁满乾坤　　　1

美食香馔篇　杯盘晃耀似星月　　　63

生活常识篇　最是凡尘动人心　　　99

服饰妆容篇　暗香何曾辞疏影　　　145

恋爱婚姻篇　千年情事老如僧　　　167

公共场所篇　二三履印自浅深　　　189

结　语　　　　　　　　　　　　　210

参考文献　　　　　　　　　　　　213

"宋韵文化生活系列丛书"跋　　214

引　言

如果有个以诗为翼飞回去的机会，你会选择哪个朝代？

人生快啊，就这么一天赶一天的，还没觉得怎么样，已经大了，离老也近了一步。

中间的几十年，有苦也有甜。盘点盘点，似乎一直在忙：忙工作，忙事业，忙孩子，忙老人，就是没怎么为自己忙。

那就做一个梦吧，一个回到宋朝的梦，偷来一日的工夫，去游历一番，就像小时候，趴在教室课桌上睡着了，口水流在本子上……

真想是真事啊。活色生香的大宋，美不胜收的大宋，男人戴着花、女人戴着花、老人孩子都戴着花的大宋，过着一些奇奇怪怪节日的大宋……历数华夏文明最灿烂的时期，绕不开大宋。

好了，让我们化身为梦中人，以诗为翼，飞去宋朝：汴梁（今开封），临安（今杭州），成都（今成都），齐州（今济南），京兆（今西安），明州（今宁波），幽州（今北京），江宁（今南京）……

宋朝人美好的一天从起床开始。还没醒明白，寺院的木鱼声就传来了。

——在北宋："每日交五更，诸寺院行者打铁牌子或木鱼，循门报晓，亦各分地方，日间求化。诸趋朝入市之人，闻此而起。"南宋

1

也一样："每日交四更，诸山寺观已鸣钟，庵舍行者头陀，打铁板儿或木鱼儿，沿街报晓，各分地方。"

"闹钟"响过后，你并不忙着起床，而是继续闭目养神，听着报晓人拉着长音，进行天气预报，声音由远及近，又由近及远："今日：雨；明日：天色晴明……"于是你心想：嗯，今日定要带上伞。

思至此，你坐起来，伸个懒腰，即穿衣系带。然后到盥洗室，用几天前浸泡的玫瑰花水漱口刷牙——牙刷是将马尾栽在小木板上，上面抹上牙粉。毛有些硬，刷起来牙床麻酥酥的。

正刷着，听到窗外有叫卖面汤的吆喝声。你摸出几文钱，招呼小贩将半盆面汤送了进来。洗完脸，你就在包袱里装上伞出门了。路上遇到卖朝报的小男孩，你买了一份，夹在腋下，想在吃早点时读读新闻。

——朝报不是邸报，邸报由官方出版，免费发给政府机关，不会进入市场。朝报是小报，民间刊行，刊载的大都是时政消息，"撰造命令，妄传事端，朝廷之差除，台谏百官之章奏"，还有"意见之撰造"这样的时评文章。

闻着香味走，你直奔美食一条街。那里楼房林立，店主们早就开始忙活了。

"焦蒸饼、海蜇鲊、姜虾米、辣萝粉、糖叶子、豆团"，还有"花糕、糍糕、雪糕、小甑糕"……都是你喜爱的，吃了这样儿，腹内就容不下那样儿，你拿捏不定。

打个饱嗝，你知道不能再塞了。反正这些好吃的又跑不出大宋朝去，慢慢享用就好。不行，得走一走，消消食。你打包了一份荔枝圆眼汤，想着路上喝，就出得街来。

你溜达着，打算到附近公园里看看花。像样点的私家园林都对外开放，重点是不要钱。你逛了一家又一家。这下子不打紧，一上午很快过去了。

你在路边的雪隐(厕所)"卸货"完毕,浑身轻松,打算再去装点"货"。填来填去的,肚子真是个无底洞。

因为一时不知道烹饪技术哪家强,你跟着旁边那辆载着稍桶、装饰华美的平头车——酒家的进货装备,就顺藤摸瓜,找到了吃酒的好去处。你先吩咐热热地烫一壶瑶光酒来,又点开胃羹——肚儿辣羹,备注多搁胡椒;要了两碟按酒的果子——甘露饼和琥珀蜜,然后才细细听店小二给你唱菜单子。

宋朝不愧吃货天堂,样样都是解馋利器,组合起来就俩字:逍遥。可能听得太多,有点选择困难症的你反而不晓得点什么了,干脆要一个拨霞供(火锅),羊肉片猪肉片朝里一轰,齐活!

吃完饭有点困怎么办?找家香水行(澡堂),香汤暖,水汽润,更困了。澡雪(洗澡)后,干脆在附带的茶舍歇息半个时辰,舒舒服服,还舍不得出来呢。

下午了,带着一身桂花型香皂的气味,你走在大街上,一只小蜜蜂直朝你手腕上扑,傻乎乎地寻蜜。你踱进一家乐馆,点了位名叫盈采的女演员,给你唱词。鸟鸣一样,好听但不通俗,于是你雇了位闲人(导游),当同期翻译。

瓦肆勾栏真是巨大的游乐园啊,在这里,你欣赏杂技、相扑、诨话(相声)、舞蹈,中间还和游客们一起参加游戏互动——请一名艺伎做裁判,然后开始传花,从执花者开始,唱一句词,传一次花,中间有奖惩。游戏越来越精彩,大家都舍不得散去。你赢了,人家也起哄,让你和艺伎喝了一盏交杯酒。

中间你走累了,就租了辆驴车,辗转勾栏间,眼被晃花。

到了晚上,街灯通明,齐刷刷照亮——夜市开始啦!

宋朝取消了宵禁制度,吃喝玩乐,一应活动尽可夜以继日,路人来往不息,卖吃食的酒楼、小摊也有的是。所以,你想赶紧吃晚餐,好进行下面的项目。看这一家的蝴蝶面，汤头很鲜，再配上两碟小吃——芥辣瓜儿、紫苏虾，今晚就是它啦！

抹抹油嘴，去看场傀儡戏——人与木偶、木偶与人，彼动此唱、此说彼演，其实全凭一根绳儿的机关。你被逗得哈哈大笑。旁边的观众也一样。

好了，在外边玩了这么久，你想念你软软的鹅绒被啦，于是加快脚步往回赶。因为有点饿，路过"十千脚店（小酒店）"时，你顺便点了个外卖：一份缕金香药，一份傍林鲜，清清淡淡，外加一角黄柑酒。商量好，你到家的辰光，外卖小哥也差不多前后脚到，他用温碗、温壶送餐，届时酒菜都会是热的。

到家了，肩膀有些酸。你小小地抱怨着，早上报晓人的天气预报不准，害你背了这么久的油纸伞。接着，你吃宵夜喝甜酒，刷牙洗脸，简单洗洗……等从木桶里出来，吹灭灯烛，月光正洒满窗台。你歪在床头，迷迷糊糊回想这一天的经历，像是做了一个梦。

恍然觉察：平安、健康、平静的生活，原来已经这么美好了。

文化娱乐篇 佳气郁郁满乾坤

宋人闲情
SONGREN XIANQING

话说大宋开国，雄赳赳的武夫宋太祖赵匡胤一旦安定下来，就开始紧着忙活：政治上，他一把子"杯酒释兵权"，干得漂亮，让一帮老朋友好吃好喝靠边站，安度晚年。踏实了。而后，抽出闲心，"文以靖国"，文化治国。

文化治国的策略之一，就是收集图书、开设书馆，派人到全国各地收集图书，把书都放到书馆里，

宋太祖赵匡胤像

为后来兴起文化热打下了基础。宋文化承继汉唐又开启明清，雅文化、俗文化、市井文化等多元、开放、包容、创新，影响深远。

宋太祖本人书法也蛮不错，"多带晚唐气味"。好玩的是，他的作品落款为"铁衣士书"——穿铁衣服的人写的。还是忘不了标明自己是武将出身，听上去就像一介布衣，没名没姓没职务的，这要传下来，不晓得背景的，谁知道是他啊。

梦回宋朝，我们首先被这股子盛大的文化气象所吸引，乐享其中。

一、宋朝的谜语诗长什么样子？谁是那时的制谜大家？

下楼来，金钱卜落，

问苍天，人在何方？

恨王孙，一直去了。

詈冤家，言去难留。

悔当初，吾错失口，

有上交，无下交。

皂白何须问？

分开不用刀，

从今莫把仇人靠，

千种相思一撇消。

———〔北宋〕朱淑真《断肠谜》

如若较真起来，朱淑真这首诗真该排在宋朝字谜诗之首。

字谜诗在两宋大为流行，这么长的不多；只论短长，也没意思，可是这么长且这么自然的也不多；纯字谜的多，本身是字谜，可以传情达意的更不多。几个条件一限制，石头都筛掉，还能留在上

朱淑真像

3

面熠熠闪光的，便更少了。这个那个，给制谜者埋雷，要想什么都不碰着，太难。

朱淑真，钱塘（今浙江杭州）人。自幼饱读诗书，书画也好，后世将她与李清照并称。虽说由于种种原因，朱淑真在历史上声名不显，但其才能却征服人心。

看看谜底，就知道她的厉害——看字的字形和笔画组成，并注意："落""在何方""去""错失"等，都是"去掉"的意思。为了一目了然，不妨请减号和等号来帮忙：

谜底：一二三四五六七八九十

分析：

下楼来，金钱卜落——下－卜＝一

问苍天，人在何方——天－人＝二

恨王孙，一直去了——王－丨＝三

詈冤家，言去难留——詈－言＝四

悔当初，吾错失口——吾－口＝五

有上交，无下交——交之上＝六

皂白何须问——皂－白＝七

分开不用刀——分－刀＝八

从今莫把仇人靠——仇－人＝九

千里相思一撇消——千－撇＝十

在诗里，她恨着一个不回家的人：他没担当不负责，我咬咬牙，分手算了！从今以后不再依靠他、不再想念他！……

大意就是这样。读来顺口，似天然成句，且情绪饱满，呼之欲出，尽显汉字的广阔优美。不说里面埋伏有机关的话，大概率不会朝字谜上想。

宋朝的才女机智若此，才子又如何呢？

兄弟四人两人大，一人立地三人坐。

家中更有一两口，任是凶年也得过。

——这首打油诗的作者就是诗负盛名的王安石。他写"遥知不是雪，为有暗香来"，也写"兄弟四人两人大，一人立地三人坐"……从高大上到烟火气，风格随时变换。

王安石像

这首诗的谜底是：儉（繁体的"俭"）。如果不知道是文魁的作品，可能我们会把这首诗当作一个民间流传的谜语来对待。

远看山有色，近听水无声。

春去花还在，人来鸟不惊。

——这首谜底为"画"的诗，不敢说是谜语诗的鼻祖，也称得上最佳代表作之一了，单看字面，就让我们产生很多联想，又贴切又写意。据说是"诗佛"王维写的。

在宋朝人那里，谜语诗这一脉斯文不断被发扬光大——他们将谜语纳入书中，《青箱杂记》《墨客挥犀》《齐东野语》等，都保存了一些珍贵资料。

方圆大小随人，腹里文章儒雅。

有时满面红妆，常在风前月下。

——说的是印章。想一想，简直不能更改一个字。

> 佳人佯醉索人扶，露出胸前白雪肤。
> 走入帐中寻不见，任他风水满江湖。

——谜底分别是贾岛、李白、罗隐、潘阆四位诗人。就算抛开谜面，仍算得上是像样的七言叙事诗，每一句都与下一句完美承接，妥妥一幅美人醉酒图。

陈亚，善于将药名入诗，也善于将字入谜。比如，他自己名字里的"亞"（繁体的"亚"）字，就被巧妙制成字谜：

> 若教有口便啞（繁体的"哑"），且要无心为惡（繁体的"恶"）。
> 中间全没肚肠，外面强生棱角。

——看着像是游戏之词，其实暗含风骨。文人常常把小东西也玩得出神入化。

是啊，这种风雅游戏，怎么少得了文人们？

一次，朋友们集会，玩得开心，拆字谜行酒令凑趣。大家知道黄庭坚学识宏富，素有捷才，纷纷怂恿他打头阵："鲁直兄，你先来。"

鲁直也不客气："好吧，我来就我来。"他捻须沉吟，不消片刻，便由自己的戏言荡开，加上唐人的诗句，出了一道字令：

> 虺去乀为虫（虫），添几却是風（繁体的"风"）。
> 风暖鸟声碎，日高花影重。

推敲之间，精巧，合理，衔接得也像自然生长的草木，悄然变化而无痕。席间人咂嘴称赞，却一时应对不上。

这件事就这么过去了。可是，文人大都爱较个真啊，过了些日子，有人还从这个谜语里走不出来，对不出，可是放不下，这份儿难受啊。于是，就跑去告诉了黄鲁直的师父苏东坡，请他给对一对。

东坡是谁啊，张口就来：

> 江去水为工，添糸即是红（繁体的"红"）。
>
> 红旗开向日，白马骤迎风。

得，又只有击节感叹的份儿了。然而，满意啦。其实文豪的朋友们也很厉害，就像夜晚攻书，学霸面对一道难题，不拿下它睡不着。

两个人一来二去，都是从一个字开始，拆拆加加，还以谜底之物写景，不能不说太相称、太能想了。东坡之对非但尽显机巧，写景还呼应了鲁直。难怪后人说："隐语化而为谜，至苏黄而极盛。"

二、宋朝人喝茶为什么要打出泡沫？他们斗茶是如何"斗"法？

> 年年春自东南来，建溪先暖冰微开。
>
> 溪边奇茗冠天下，武夷仙人从古栽。
>
> 新雷昨夜发何处，家家嬉笑穿云去。
>
> 露牙错落一番荣，缀玉含珠散嘉树。
>
> 终朝采掇未盈襜，唯求精粹不敢贪。
>
> 研膏焙乳有雅制，方中圭兮圆中蟾。

北苑将期献天子，林下雄豪先斗美。

鼎磨云外首山铜，瓶携江上中泠水。

黄金碾畔绿尘飞，紫玉瓯心雪涛起。

斗余味兮轻醍醐，斗余香兮薄兰芷。

其间品第胡能欺，十目视而十手指。

胜若登仙不可攀，输同降将无穷耻。

吁嗟天产石上英，论功不愧阶前蓂。

众人之浊我可清，千日之醉我可醒。

屈原试与招魂魄，刘伶却得闻雷霆。

卢仝敢不歌，陆羽须作经。

森然万象中，焉知无茶星。

商山丈人休茹芝，首阳先生休采薇。

长安酒价减千万，成都药市无光辉。

不如仙山一啜好，泠然便欲乘风飞。

君莫羡花间女郎只斗草，赢得珠玑满斗归。

——〔北宋〕范仲淹《和章岷从事斗茶歌》

一首斗茶歌，鞺鞺鞳鞳一泻千里，是范仲淹豪情里的闲情。

时间：初春。

地点：八闽武夷茶园。

事件：茶树冒芽，第一批北苑贡茶开始了制作。

范公一生忙碌，文治武功，与朋友斗茶实属难得的消闲。他兴致勃勃写下这么一大篇，从茶生长的环境、采茶的挑剔、制茶的烦琐、取水的讲究、茶器的精美、斗茶场景的浪漫……一路滑下来，说长安的美酒、成都的仙丹都不如这小小一啜过瘾呐。从而越说越多，将一盏茶写成了一条大河，差点收不住笔，也足见斗茶的魅力多么强大。

而"黄金碾畔绿尘飞，紫玉瓯心雪涛起"，说的就是打出泡沫的情形。

唐朝人习惯用锅釜煎茶，明朝人的喝茶方式和今天差不多，是冲泡出来的。夹在它们中间的宋朝人不怕麻烦，他们不但要摆满一桌子的小工具，如烘茶炉、茶臼、茶碾、茶磨、水杓、茶罗、茶帚、盏托、茶盏、茶瓶、茶筅、茶巾等，足有十几种，敲敲打打、辗辗转转去折腾茶，比如烤茶饼、磨茶饼、筛出极细的茶末、调茶膏、滚水注茶、打出泡沫……还要在上面画画。茶面上画画又叫水丹青、茶戏、分茶。

没错，就像咖啡的拉花，然而茶百戏又比拉花精致许多倍——是真的画画，梅兰竹菊、山水人物，或以行楷或篆隶题一个字什么的，有人甚至能画出一幅牧牛图来。这还不算完，点茶人的手法会不断改变，上一个图案消失了，下一个图案接着冒出来，旋生旋灭，即灭即生……有点像如今流行的沙画，却又更玄——在大不盈寸、摇摆不定的水面上，用小小的水杓（茶匙）画画，就像戴着镣铐跳舞，难着呐。

为了画画，也得打出泡沫。用茶筅不断击打茶汤，茶汤跟茶盏内壁产生碰撞，会激起泡沫。

斗茶的内容有三项——斗茶品、斗茶令、茶百戏，得能文能武，才能在比赛中脱颖而出。一般人多是斗茶品，文化人才爱斗茶令什么的。记得《红楼梦》里老太太带着头说酒令吗？说茶令的热闹劲儿也一样。

单论斗茶品这种技艺，比的就是汤色和泡沫。一般说来，汤色越白越好，泡沫越持久、泡沫与碗接触的水痕越晚出现越好。为什么茶汤是白色的？据说主要因为那时特殊的制作工艺——采下新鲜的茶叶，上锅蒸熟，用细布包好，挤压，滗去绿色的水分……三搞两搞，茶就变白了。因为汤色白，所以，能衬托这白的、黑不溜秋的"土肥圆"茶盏在两宋斗茶界特别受欢迎。

市井间讲究的是个不拘束，多厌烦这步工艺的复杂，斗茶以本色绿为上，有点像日本抹茶。

> 万里飞香入晋山，高真秘录露谈端。
> 春雷发地岩惊绿，夜鹤飞坛鼎转丹。
> 仙桂清风生两腋，玉壶五色抱神丸。
> 虚谈论罢无尘事，林外娟娟月半残。

这是宋朝诗人李复写的《和胡漕斗茶分药》。李复是神宗进士哲宗臣，靖康栋梁，胆气磊落，所为都是为国为君为民众，却死在靖康之难金兵刀下。与岳飞类似，也是略休闲就"马蹄催趁月明归"。在这里，他与朋友斗茶分茶，茶是好茶，月是好月，斗茶技艺是精湛技艺，闲聊时光是珍贵的出尘时光。

〔南宋〕刘松年《斗茶图》

其实，唐朝就有了斗茶这种事。唐玄宗与梅妃斗茶，老是赢不了她，就说："梅妃真是个梅精啊，不但会吹白玉笛、跳惊鸿舞，斗茶也这么有一手。"

不过，与后来的茶不一样，唐朝前期的茶浓汤赤酱，什么葱姜花椒、橘皮大枣、奶酪、牛羊肉……都能朝里搁。比起茶博士，厨师干这个活儿好像更合适。这算什么茶呀？！怪不得茶圣陆羽曾"怒骂"："这是什么玩意啊，只配倒到阴沟里！"

如果非要选一对妙人儿作为斗茶的主角,那么,也许替换成李清照和赵明诚更为合适——同样,男选手总是赢不了女选手,而这位女选手较之梅妃更加才气逼人。

经过代代斗茶老手们对规则的不断改进,北宋茶艺日益娴雅,斗茶之风越发浓烈。词人李清照与丈夫赵明诚深陷其中,还开发出赌书这样的清趣:

一次,二人新得泰山刻石拓片,赵明诚欣喜地说:"夫人,你看,全是小篆,是大篆删繁就简,秦统一六国后的全国通用字体,不怎么好辨识呐。往日打赌,你总能指出典故出于某书某页某行,今日我定能胜你,饮这第一杯茶。"

李清照抿着嘴儿乐:"先看碑刻吧。"

"好!"明诚还在兴奋不已,"这字笔画流动婉通,古厚峻拔,着实难得。"

清照一脸认真:"嗯,泰山般稳健,玉石般纯粹,鼎一样正直,丝带一样飘逸……果然不失为秦篆正宗。我记得应是丞相李斯的遗墨。"

"不错,是他的风格。"赵明诚说,"始皇于二十八年东巡,登泰山顶,刻石记功,以期万世流芳。"

李清照立即抛出问题:"这事记在何处?"

"太史公司马迁《史记》卷六第十五页第十七行记载:'二十八年,始皇东行……'"明诚言罢,有点小得意,端茶欲饮。

"且慢!"清照拦阻,"你再看这一拓片,是秦二世胡亥诏书刻石,这又在某书某卷哪页哪行?"

"自然也在《史记》,卷六第……"明诚犹疑不决。

"是二世元年,《史记》卷六第三十二页第十行:'春,二世东行郡县,李斯从……'"清照高擎茶杯,滔滔不绝,斜睨丈夫,不料一个不当心，茶全泼在了裙子上，"哎呀，我白赢啦。"她一边抖茶水，一边笑得花枝乱颤。

赵明诚也仰头大笑："如此，这第一杯茶还是我先饮了！"

夫妻二人情趣相投，其斗茶之乐风神飒然，令人神往。

三、宋朝人下的是什么棋？当时的国手到底有多厉害？

华发寻春喜见梅，一株临路雪培堆。

凤城南陌他年忆，杳杳难随驿使来。

——〔北宋〕王安石《与薛肇明弈棋赌梅花诗输一首》

诗写的是梅，这没啥说的，问题是题目——跟人家下棋，认赌服输写下的。

那时，下棋主要指下围棋。不下棋的，不知道下棋的魔力。自唐朝起，就有人称呼围棋为"木野狐"，说这木头玩意就像狐狸精似的，迷死人不偿命。此话不假，欧阳修曾说："棋罢不知人换世，酒阑无奈客思家。"这是他的梦中所作——做个梦都忘不了下盘棋。

与欧阳公相比，咱们这位王安石小老弟更是棋迷，一下起棋来就不吃不喝的。可他的棋艺真的不怎么样，总输。棋品也一般——下到要输的时候，就一把搅乱了棋子，说："哎呀，太费神啦，就这样吧，不玩了、不玩了！"像个小孩子。

有趣的是，王安石的这位老对手薛肇明棋艺、棋品还不如他呢，经常输给王安石，却回过头来，求着对手替他写诗。所以有了《又代薛肇明一首》，人家赢了棋的王安石写的：

> 野水荒山寂寞滨，芳条弄色最关春。
>
> 故将明艳凌霜雪，未怕青腰玉女嗔。

他俩下棋的事传到外边，人们都觉得有意思。后来，薛肇明离开汴梁（今河南开封），到金陵（今江苏南京）任职，有好事者戏作一首打油：

> 好笑当年薛乞儿，荆公座上赌梅诗。
>
> 而今又向江东去，奉劝先生莫下棋。

棋逢对手固然过瘾，可事实上常常技艺悬殊。关于输输赢赢，宋朝已经奥妙无穷。

似乎古代皇帝没几个不喜欢下棋的，宋太宗赵光义也不例外，为此宫中还养了一批人——棋待诏，就是专门陪皇帝下棋的（跟诗待诏、画待诏的任务差不多）。其中不少人棋艺了得，居然能绝对地把握输赢，胜负几个子都尽在掌握。

〔宋〕佚名《荷亭对弈图》

当时，有个围棋国手叫贾玄，他每次和宋太宗下棋都输，但每次都仅输　子。

起初，宋太宗还挺高兴，毕竟"赢"得不是那么容易。但时间一长，发现他是故意让棋的，心里就有点不舒服。一天，太宗令贾玄拿出真本事，并让他先出三子，以示胸襟。

贾玄是个聪明人：不能领导挖个坑你就跳——那是烟雾弹啊。所以，他又仅输一子。太宗要求再下一盘，警告他：再输就罢你的官！

贾玄知道皇上来真格的了，结果第二盘棋和棋，没赢没输。面对这一结果，太宗说贾玄还是放水，决定再来第三盘，并严重警告：要是你赢了，就赐绯衣，给你升官；要是输了……哼哼，就丢到水里淹死！

结果，第三盘依旧和棋。但太宗打算要赖——为了让贾玄赢，强迫性地让了三子，如此一来，即便和棋，其实贾玄也输了。太宗马上令人把他扔进荷花池。大家以为贾玄必死无疑了，结果他突然喊了起来："官家，我手里还握着一枚子没算呢！"

见此情景，宋太宗不由地乐了："这小子，知道我讨厌他老是让棋，又实在不敢赢我，出了这么个主意，嗯，还不错。"随后痛快地给他升了官。

陪皇帝下棋，真不如给皇帝唱歌安全——输赢两难，进退维谷，真是伴君如伴虎。

女孩们也参与到这项运动中来，技艺非凡，引得众人尽折腰。

宋朝诗人刘铉观棋有感，写下《少年游·戏友人与女客对棋》：

> 石榴花下薄罗衣。睡起却寻棋。未省高低，被伊春笋，拈了白玻璃。
>
> 钏脱钗斜浑不省，意重子声迟。对面痴心，只愁收局，肠断欲输时。

——词中那位女围棋爱好者，睡得迷迷糊糊的，听到有人说要下棋，急忙从床上爬起来，去跟别人对弈。她捏着白子，落子迟迟，考虑得专注，头上的发饰掉下来都不晓得。到最后，对方眼看落败，愁烦着怎么收尾。

现代规则规定黑子先行，黑先白后。古代相反，执白子者占先机。

宋朝人下棋下的是趣味，是开心，不管谁，只要沾了围棋的边，就变得天真，做出许多可笑又可爱的事情来。

四、宋朝人打马打的是什么马？打马用的马钱又是什么？

一局平分出四边，到窝仍与度关先。

终朝打马为娱乐，不顾频输万亿钱。

——〔北宋〕赵佶《宫词》

宋朝人打马，打的还真不是马，而是一种钱币。这种钱币不流通，买不来东西，只是作为"棋子"，用来玩。当代人打牌，宋朝人打钱玩。打马又叫打马钱、打马格，或打马格钱。

据传这种游戏特别复杂，可惜命运不济，棋盘形式、骰子样式、游戏规则都失传了，基本只剩下了"钱"。如果不失传，"麻将"或"大富翁"游戏应该是它的孙子。

马钱分成若干等级。其形状像古代铜币，上面铸有马的图案和相关文字。游戏方式是掷采行棋，移动代表马的棋子，以到终点为胜。常作为赌博用。

马钱大致可分为马钱、将钱两类。

第一种是马钱，正面是马的名字，背面是马的图案，如"飞黄""骕骦""绿耳""渠黄""赤兔""乌骓""汗血""龙驹""飒露紫"等；第二种是将钱，正面为大将军的名字，背面为骑在马上的大将军，如"魏将吴起""蜀将马超""齐将田单""燕将乐毅""汉将关羽""魏将徐晃""秦将白起""赵将廉颇"等。

这两种钱加起来，足有数百种之多。传说里的，实际存在过的，宋朝人都搜索个遍，几乎涵盖了我国历史上所有的名马、名将。有点像小孩子识字用的卡片，将生活中的日常用品捣腾个天翻地覆。

彼时虽多，今存已稀，如今想集齐一套马钱可太难了。

打马最先是未婚女子闺房里的消闲活动，相传是唐朝时发明的，不过也有说法讲，李清照是它的创始人。她的确什么东西都玩得很好，玩打马也是常胜将军。看样子，李清照当时经常组起马局，与三五好友搓个通宵。她写过一篇《打马赋》，里面说："打马爰兴，樗蒱遂废，实小道之上流，乃闺房之雅戏。"

雅不雅戏另说着，反正赌博不是好的游戏。她喜欢就行。

南宋理学家林希逸写过一首诗，就题为《打马》：

> 九折羊肠片纸间，机心觑（dí）面险于山。
> 是非喻马一儒墨，得失争蜗两触蛮。
> 危似楚兵临汉堑，急如齐客度秦关。
> 良图邂逅何分别，莫诧争雄衣锦还。

诗人说的棋盘应该是纸做的，打马的路径是曲折的、艰险的，别看是读书人，争夺、较量很激烈，如同古代打仗一样。总之，这是个大概的描述，缺乏具体、理性的记录。

打马究竟是种什么玩意儿，现在已不可考，不过，宋朝文人热衷文艺、体育和游戏，如同痴迷玩耍的孩子。"孩子王"徽宗赵佶当然落不下，用打马的术语写了我们开头展示的那首诗。可惜，诗再长一点就好了——如果写成歌行体，是不是他能把整套规则写写清楚啊？可惜没有"如果",我们终于还是失去了它的玩法,虽然不甘,也舍不得放手。就像如今追星,追的那个人"社会性死亡"了,只好追一个"纸片人"。我们在这里介绍,也好像介绍了个寂寞。

打马失传的时间大约在明朝中叶,因为最晚的将钱为"明将徐达"——追随朱元璋平定天下、出将为相的那个中山王。此后,便再没有名将被铸上马钱。

五、宋朝人热衷赌博吗?赌博在宋朝是不是合法的?

> 争棋赌墅意欣然,心似游丝扬碧天,只为当时一著玄。
> 笑符坚,百万军声屐齿前。
>
> ——〔南宋〕张炎《忆王孙·谢安棋墅》

张炎,宋词的最后一位重要作者,在这里,他写了一个赌棋的故事:

东晋时期,淝水之战激战正酣,总指挥谢安却在百里之外与客人下棋,谈笑间,前秦苻坚雄兵灰飞烟灭。八万对百万,实力太悬殊,即便运筹帷幄,自己的部署仍然是一招险棋,所以,谢安对弈间接到前线捷报,虽故作镇定,也还是起身时激动慌张得碰掉了鞋子上的齿。"赌墅",他与这场战役的先锋官、侄子谢玄战前为此打过赌,赌注是一座别墅。

聊到赌博,大家可能会比较好奇。毕竟这东西有点禁忌的意味:有百害无一利。然而历史就像电影这种遗憾的艺术,你喜爱与否,它都已产生,无可更改。哪有尽善尽美的朝代?因此,我们说阳光,也不妨说些阴影。

首先说明，在宋朝，赌博也不是合法的，宋朝甚至是对赌博处罚最严厉的一个时期，累犯的赌徒动不动就被流放，很惨。当时还规定，凡是在京城参与赌博的，不管有没有官职，一律斩首！

不过，话说回来，宋太祖热衷赌球，之后两宋有五个皇帝都跟他学。这样的风气之下，很多时候，宋朝对赌博睁一只眼闭一只眼，过得去就算了。

我们前面说过的王安石与朋友下棋，双方下着赌、赌着下，目的不在斗狠，主要是开玩笑，他们的注码很雅致——输者写诗。而不论达官显贵还是贩夫走卒，闲来无事，总会杀上一盘棋。

除了赌棋，宋朝人还会扔铜钱、抽签、掷骰子、转盘、扔飞镖、斗鸡、斗蟋蟀，也会赌球，甚至最原始的剪刀石头布等，都可以用来赌博。仅李清照的笔下，就出现了二十多种赌法。

范成大写过一首七言古诗《灯市行》：

> 吴台今古繁华地，偏爱元宵灯影戏。
> 春前腊后天好晴，已向街头作灯市。
> 叠玉千丝似鬼工，剪罗万眼人力穷。
> 两品争新最先出，不待三五迎东风。
> 儿郎种麦荷锄倦，偷闲也向城中看。
> 酒垆博簺杂歌呼，夜夜长如正月半。
> 灾伤不及什之三，岁寒民气如春酣。
> 侬家亦幸荒田少，始觉城中灯市好。

——与杨万里、陆游、尤袤合称南宋"中兴四大诗人"的范成大，高宗朝的进士，在礼部做过中级官员，之后出使金国不辱使命，一路升职到参知政事（副宰相），两个月就被罢官。他退居家乡苏州的石湖，种梅种菊，写诗编志书，过了十来年。或许受益于这段生活，范成大尤其擅写田园诗。在这里，他首先赞美苏州自古繁华，元宵节灯彩真精彩，又讲农家娃种田辛苦，抽出一点时间，进城瞧热闹。当看到酒店里人声喧嚣，赌博声、歌唱声、叫喊声，一阵比一阵高。农家娃心里想：人家天天都是元宵节啊。幸好咱们也不错，受灾的田地十分之三还不到。一想这个心里好温暖，自家万幸抛荒少，才会觉得灯市好。

范成大石刻画像

范成大净说大实话——没愁事，才只羡慕不嫉妒呀。里面提到的"博簺"，是赌博的一种，街面上触目皆是，群众基础非常广泛，诗里那娃一进城就看到了。

街面上，还流行扔铜钱，这是一种比较刺激的促销方式——"扑卖"。买菜之前，卖菜的会让你先扔一枚铜钱试试运气，没字的朝上算赢，带字的朝上算输。赢了，一捆菜分文不取，你拿走。买主去扔，连扔几十下——天呐，都是带字的那面儿朝上！卖菜的一斤菜没卖，净赚几十文。

不过这卖菜的哥们儿不地道，他的铜钱是特制的，哪怕你扔上一辈子，结果也就那样了。啥时候都有缺德人。

赌博天生自带"天意"的权威和公允之态，正基于此，围棋等纯智力游戏不太适合赌，因其与赌博验证"天意"的特点相违背。可是，不管玩什么，一赌就容易产生超出胜负的贪婪之心——那种超强的欲望本身是疯狂生长的，赌博者很容易对之失控，其间翻云覆雨的不可把握感，夹杂宿命的神秘感、未知的新鲜感，一惊一喜甚至沮丧、不服……

都让赌博有如毒品，太容易上瘾，只宜敬而远之。

李清照爱赌，当然应该是文人式的小赌怡情，不以赢钱为目的。据说无论赌什么，她从来没输过。但这种出奇聪明的妙人，天底下能有多少呢？

六、宋朝的打马球是指什么？难道又是一种下棋方式？

社近楼台昼已长，丰年颇减簿书忙。

雨催树绿吹箫陌，日射尘红击鞠场。

农事渐兴初浸种，吏衙早退独焚香。

晚来别有欢然处，检教儿书又一箱。

——〔南宋〕陆游《旬日公事颇简喜而有赋》

春分即过，刚下过雨，太阳照在击鞠场上，而农民们还在忙着浸种子，基层衙门的人早一点下班，点上香，享受难得的属于个人的时间……诗里提到的"击鞠场"不是蹴鞠场——"击"和"蹴"，可差得远了去啦。至少一个用手，一个用脚。

这首诗，陆游写得好欢喜。

陆游，终生主张北伐，真正地投身军旅却不足八个月。最后一次，短不过三年的复职后，六十五岁的他再被罢官，在老家村居，

陆游像

二十年后去世。好在诗歌不会辜负他，他留诗万首，一首《示儿》，率意直书，平静的悲壮，尽显拳拳爱国之心，谁读了不被打动呢？

击鞠，即打马球，顾名思义，就是骑在马上击打木或皮球：比赛分为两队，场上设两个球门，各有一个守门员，另有两名卫士在门边挥舞着小红旗唱筹——每进一球，算一筹，卫士在阶前插旗为志，鼓乐齐鸣，观众鼓掌，进球的一队则下马称谢；如果皇帝进球，那么鼓乐队则必须当即停止，全场山呼"万岁"。比赛以一方先获三筹为胜。

球员骑在马上，挽缰，持杖，在马匹奔跑的过程中，前方如无阻碍，就护球直下，向对方球门进攻；遇到阻挡，则想尽办法，小心控球，打门或传给队友。他们身穿各自队服，足蹬长靴，闪转腾挪，相互追逐，需要人、马、杖三者合一，默契，灵活，技巧至上。

这种运动源于东汉，中兴于唐，宋初流行于军队中。因为当时国家危机四伏，作为军队的训练项目，打马球可以锻炼士兵的击打能力和马上作战能力。十八世纪中叶，马球流传到英美等国家，逐渐产生了现代马球运动，在中国却式微于清末，渐不为人知。

打马球考验球技和马术，兼备力量与速度，还因为与马联系在一块儿，又赋予了这力量与速度以飘逸、轻灵、神秘，甚至几分浪漫。可能因为打马球观赏性很强的缘故，宋太宗赵光义很喜欢，后来亲自引入宫中，作为宫廷体育项目，以强身健体。

宋太宗命有关部门参考旧制，制定出马球的详细规则，并下令，每年三月在大明殿举行马球比赛，皇帝亲自开球，由王公大臣组成两支队伍参赛。徽宗亲政时，他的妃子崔修仪还当过女子马球队队长，领着一帮女汉子驰骋在球场。

在崔修仪之前一百多年，五代十国时期有位女诗人，名字特别美——花蕊夫人，是后蜀末代皇帝孟昶最爱的妃子。她也喜欢打马球，同时，她写的宫词很多也很好，长长的，这些叙事诗连起来，就是一部长长的电视连续剧，记录了自己的种种生活，其中写宫中女子打马球的情形极尽优美：

> 殿前宫女总纤腰，初学乘骑怯又娇。
> 上得马来才欲走，几回抛鞚抱鞍桥。
>
> 自教宫娥学打球，玉鞍初跨柳腰柔。
> 上棚知是官家认，遍遍长赢第一筹。

——比赛中，第一次得分称作"头筹"或"先筹"，如果皇帝参加比赛，那么这个头筹就一定要让他获得。花蕊夫人在末句写的，就是这项规则。

马球好玩，还有些危险性，宋孝宗赵昚就被打伤过眼。加速，急拐，若是不慎摔下来，要疗伤拿药。因衣袖裙摆太长，被绊倒的情况不少。后来队员们学乖了，或短衣打扮，或在身上绑一根带子，将衣袖和衣裙束起来，看上去有些滑稽——要球艺就不能要风度，你只能选一样。

这个带子叫作襻膊，或裁剪以布，或锻造以银，使用起来也算方便——假如旁边无人帮助的话，你可以自己用牙咬着绳子的一头，抬起右手穿过绳子，然后挽过后背穿过左手下，绕过后背从左肩向下打结。这样，襻膊系好，就可以干活或挥杆打球了……挥杆？说法好熟悉，这不是高尔夫嘛。是，杆比较像，但除此之外，没什么像的地方了——团体比赛和个人竞技，本质上就不同。

"上好击球，由此，通俗相尚"，古籍中如此记录下当时皇帝对马球的态度和影响力。有宋一代，皇帝不是皇帝，是官家，讲究与民同乐。前朝后朝，官家大都喜爱马球，鼓励马球运动在民间发展。汴梁城中设有宝津楼，其南侧的横街便是供百姓击球的场所。官家有时也会来看球。

　　然而，百姓想打马球也会受到一定管制，不但朝廷管制，自己也会管制：首先得有匹马，还得有足够大的场地，得凑齐一支队伍，还得一起训练磨合——别说和队友了，光和马的磨合就够人喝一壶的，正常情况下，真的耗不起。

　　有人说场地不用费心，队友也够数了，我没马，有头驴，好驴，行不行？行。真有一种驴鞠，即骑驴打球，当然是由马鞠延伸出来的：由于驴体型较小，好驾驭，更适合力气小的女孩子，所以驴鞠在后来宋朝的宫中特别流行，被称作"小打"，以区别骑马打球的"大打"。

　　马球场可太讲究了，打不好球都对不住它：用牛油拌入精筛的泥土铺地，再反复夯打碾压。这样搞，球场平整如镜，马（驴）踏后不易扬尘，假如晚上比赛，打着火把还能反光。更讲究的，还会在球场周边铺上锦缎……如此金贵和烦琐，不是人玩球，简直是球玩人了。

　　由于打马球的女子越来越多，所以，襻膊这个小东西是否好看成了姑娘们攀比争美的项目之一。襻膊在宋朝像纱巾一样，市场上，各种新款式、新配色层出不穷，有很大的挑选余地。由此还促生了与襻膊相关的职业。《武林旧事》中记载："补锅子、泥灶、整漏、箍桶、襻膊儿。"其中的"襻膊儿"，就是指沿街专卖兼修理襻膊的手艺人。

　　而一旦在马球场上撞了襻膊——彼此心仪的男女球员撞衫，可能会窃喜，同款襻膊就像情侣装，女女撞衫就不同了，会尴尬——当然，美的不尴尬，丑的尴尬。球技不行，同款襻膊再被比下去，女孩说不定希望自己就地消失——那就是她们的 T 型台呀。

　　喜欢打马球的组建了社团，定期活动……还有比宋朝更热衷组织社团的朝代吗？仅南宋就有无数个：喜欢蹴鞠的去齐云社，喜欢射弩的去锦标社，喜欢使枪弄棒的去英略社；喜欢唱歌的有遏云社，喜欢说书的有雄辩社，喜欢相扑摔跤的有角抵社，喜欢皮影的有绘革社，喜欢文身的有锦体社，喜欢做慈善的有放生会；剃头师傅发起行业协会净发社，园艺师拉起奇花社，建筑师插旗台阁社，诗人作家加入同文社，演杂剧的跻身绯绿社，傀儡戏演员聚众在傀儡社，连妓女界同仁都成立了翠锦社……几个人的，几十个人的，上千人的；有些很有意义，有些非常无聊，有些简直是闹着玩。但是它们组成了一个"大花园"，百花齐放。宋朝人民实现了结社自由。

进马球社的，绝大部分是为了提高球艺，或为了寻找志同道合的人，在日复一日的学球、练球中，找到快乐。

七、宋朝最喜爱什么运动？它与今天的类似项目有什么不同？

> 背装花屈膝，白打大廉斯。
>
> 进前行两步，跷后立多时。
>
> ——〔北宋〕丁谓　残句

马球再好，可惜对硬件要求太高，不能真正在百姓中普及。于是，不用骑马和精致装备的一种球类运动风靡了街头巷尾：春暖花开之际，"红妆按乐于宝榭层楼，白面行歌近画桥流水，举目则秋千巧笑，触处则蹴鞠疏狂"。

他们玩得这个疯狂啊，到处都是蹴鞠者的身影。开头引的那首诗，写的是蹴鞠动作，短短二十个字，充满踢球术语，如今失去蹴鞠者的解释，我们已经搞不太懂它们的具体含义。但大致能知道，他写的不像对抗赛，而是无球门的散踢方式——白打。

那时，人们特别擅长白打——花式足球，即踢球时用头、肩、背、腹、膝、足等部位接触球。白打动作花里胡哨，拐、蹑、搭、捻……对应着一些生动的名字，如转乾坤、燕归巢、斜插花、风摆荷等，灵活变化，轻盈好看。

球不复杂，跟现在的足球样子差不多，得用七八块、十来块动物的皮子，里面塞上米糠毛发，再从里面缝上。

蹴鞠虽然发源于战国时期，但历经一千多年，也没形成多么浓厚的蹴鞠文化。宋朝在先前的基础上，将蹴鞠发展成一个不分尊卑的热门体育活动，以至出现了专门以蹴鞠为生的艺人——差不多相当于职业球员。有位道士，不去修仙，迷上踢球了，颠球能达到"终日不坠"的程度，也够"不务正业"的啦。

传为南宋马远所作的《蹴鞠图》

宋元之际，入元不仕的大画家钱选画过一幅《宋太祖蹴鞠图》，他的朋友、学者王恽为之题图三首诗。在序里，他猜度踢球的为宋太祖和宰相赵普，看球的是宋太宗、八王爷、随从和一位道士，还在第三首诗中嘲讽朝廷重视安定却懈怠了武力：

太平朝野日欢娱，肯效三郎和碧梧。

治定不应忘武备，花间蹴鞠是雄图。

就这样，蹴鞠成为贯穿两宋始终的国球，上至皇帝公卿，下至黎民百姓，都是疯狂的铁杆蹴鞠迷。就连刚懂事的小孩子都让妈妈给自己缝个小的，三个五个，滚来滚去。

宋朝人对蹴鞠的热衷，以及蹴鞠比赛的火爆程度，都不亚于现代社会中的“世界杯”，以至于当时有位诗人写了这样一首词——《鹧鸪天》：

抛却功名弃却诗，从教身染气球泥。侵晨打鞬齐云会，际暮演筹落魄归。

园苑里，粉墙西，佳人偷揭绣帘窥。高侵云汉垂肩久，低拂花梢下脚迟。

——为了踢球，什么功名啊文学啊，都可以抛开，他说宁愿在球场滚一身泥，从早踢到晚，最后还输了，失魂落魄回到家：宝宝不开心……

这位作者堪称五星级球迷——看不过瘾，必须自己上脚！天下唯此为大。可惜他在诗歌流传过程中失去了姓名，否则，当代人很可能在网上扒得出这位仁兄的背景、家世、家庭成员构成、老婆在哪里上班……真是很有意思的一个人。

打破素日禁锢，身心酣畅淋漓，或许正是蹴鞠的真爱粉们的切身体验。词中提到的“齐云会”即齐云社，一个蹴鞠爱好者社团。高俅就是齐云社的主要成员之一。

高俅原是东坡小吏，写得一手好字，向来脑子灵活会来事。入齐云社后，他技艺大增，接触了一些高端人士，但都浮皮蹭痒的，没有深交的机会。哲宗执政时，东坡被贬外地，将高俅推荐给大臣曾布，曾布以“文书众多”为由婉拒，高俅又被东坡转送驸马王诜。

眼看着像个球被踢来踢去，也不受重用，谁料想，一把烂牌被他打得风生水起：一次，王诜差他去给端王送一样小东西，一送送到了球场上。端王正在蹴鞠，好巧不巧，踢到高俅脚下，就此见识了高俅的高超球艺。之后端王从王诜处要来高俅，把这位大牌球员当成了宝贝。没两个月，哲宗驾崩，因无子，弟弟端王继位，高俅借球上位。端王就是宋徽宗，高俅后来成了殿前都指挥使。

这简直可作为逆袭上位突破阶层的典型案例，写入管理学教科书里了。

写下开头那首蹴鞠诗的"宋代五鬼"之一丁谓，在宋真宗赵恒之后，前后霸住相位七年多，做过的坏事可真不少，寇准的官就是他捣鬼罢免的。与后辈高俅因球结缘宋徽宗的被赏识相比，丁谓的故事却有着小小的、多一层的识人之美，不过也是搂草打兔子——捎带着的事。

不用说，能写这诗的，肯定也是狂热的蹴鞠爱好者。丁谓属于下了班就泡在球场的主儿。一天，他在自家后花园踢得正欢呢，突然一个大脚，没收住，球飞出了院墙。

孰料，这球不偏不倚被一个人抱住，而且玩得挺溜。下人照实回禀。出于好奇，丁谓将他召进了府内，打算看看他的球技。

只见他回身将球顶在头上，走到丁谓面前跪拜，球顺势滑到背上，起身时，这人就掏出怀中自己的文章献给丁谓……他可真逗！丁谓开怀大笑。

这个人就是柳永的哥哥柳三复。柳永是大词人，他哥哥的文才也不赖，苦于没有门路，才想出这个主意，天天蹲守在宰相"球场"外边。终于等到机会，做了丁谓的门下客。

在玩玩蹴鞠就能得到工作的态势下，宋朝打造了一条完善的蹴鞠产业链，制造、销售进行流水线作业。如果你穿越回大宋，于瓦肆勾栏或公私混杂的蹴鞠场地周围，一定会发现制球的皮匠铺、卖球的摊位，从质地到颜色，从质量到价格，同行之间打的是没有硝烟的战争。

宋代铜镜上妇女踢球的场景

白打在民间开展得最为广泛，有一人到十人场户等多种形式。可以说，前面讲到的高俅和柳三复都是受益于这项技艺。

除此之外，宋朝也组织对抗赛，人数不固定，不如现在的十一人队伍那么严格。人们可以随时找到一块开阔地，然后去租赁球门架。球门架不仅可以移动，还能任意拆卸组装，方便搬运。

球场走哪儿带哪儿，那时的球门架就能实现这个愿望，简直绝了。

八、宋朝的相扑场景是什么样的？相扑手都很胖吗？

一儿攀肩猿上枝，一儿接臂倒立之。

立者忽作踞地伏，攀者引头立其足。

飞跳倏忽何轻翾，怜尔骨节柔如绵。

少年屈折支体软，红锦缠头酒论碗。

此儿巧捷未足称，江南何限无骨人。

——〔南宋〕赵文《相扑儿》

宋初，才子陶谷出版了一本《清异录》，名目尖新，比拟慧黠，零零散散记了许多轶事。其中有一条"十样佛"，列举当时都有什么人秃头：僧、尼、老翁、小儿、优伶、角抵、泅鱼汉、打狐人、秃疮和酒秃。其实有的不一定非秃不可，角抵嘛，看来当时是要剃秃的——哦，女选手倒也不必。

角抵就是相扑手。

据说上古时，黄帝和对手蚩尤头顶头肉搏，胜负难决。传蚩尤头上有角，所以给此项运动起了这个名号。

先秦角抵风行，据说秦二世沉迷角抵，连政事都废了。西汉时，民间常进行这样的比赛，因加入了游戏成分，又称蚩尤戏。

建章宫阙郁岧峣，露掌修茎倚沉寥。
平乐馆中观角抵，单于台上慑天骄。
蓬莱望气沧波阔，太一祈年紫府遥。
西母不来东朔去，茂陵松柏冷萧萧。

北宋诗人李宗谔写《汉武》，就想象了当年汉武帝看角抵赛，万众仰望的情景。李宗谔，书法为一时之宗。因耻于沾宰相父亲的光，奋发图强考上进士，进入仕途。子孙也很争气，"一门七进士，祖孙三探花"，说的就是他。

流传到民间后，蚩尤戏就变成了一种纯较力的竞技类活动。唐朝以降，相扑的现代形象逐渐出现了。到了宋朝，乖乖，不得了！相扑演变成一种重要的观赏性活动，还分成了两类：第一类为专业选手，政府从近卫军中选拔出相扑手，平时充当仪仗队兼保镖，皇帝出行时排得整整齐齐，双手握拳，目光炯炯，前头开道，重大节日时才进行表演，称为"内等子"；第二类为民间相扑手，个体职业，靠技能吃饭。这两类的相同点就是：都想扭住对方将其摔倒，都有裁判站在旁边。

民间的相扑活动极多，与蹴鞠的普及率相差不过毫厘之间。也难怪，北宋城市经济繁荣，人口呈几何级数增长，并开始有了供居民娱乐的瓦肆勾栏，加之皇帝的青睐、受众的疯狂、场地的简易、成本的低廉，复合成鲜花和掌声，簇拥着，到处都在请他们演出……相扑手就是这样炼成的。

在各种娱乐项目中，相扑表演大受欢迎，相扑艺人是各种表演中人数最多的。仅南宋临安（今浙江杭州）的瓦肆勾栏，就有知名相扑艺人五六十位，如撞倒山、金板沓、曹铁凛、周黑大、董急快、黑八郎等。《水浒传》中，好汉卢俊义、燕青、焦挺、任原，以及坏蛋高俅、蒋门神，都身手了得——他们有其他武艺在身，同时也精通相扑。

皇家喜欢举办相扑比赛，比赛时间有规定，多安排在每年的元宵节到五月份，因为这个时间段世人大都清闲。大家太爱看相扑比赛啦，以至于挤得经常丢东西，比如簪环什么的——也有一些被捡着的。

由于可能会失手打死人，赛前双方都要立下生死文书。观看表演的人越多，选手得到的赏赐也就越多。还有，在比赛中夺得头赏的人，便可得到旗帐、银杯、彩缎、锦袄、马匹等奖品。南宋临安城的南高峰比赛是全国最高级别的相扑比赛，第一名的奖品是很丰厚的。据说宋理宗景定年间，温州的韩福夺冠，领奖后，还被封了官，辅助管理军务。

因为有这么多好处，所以观众中常混杂着很多相扑爱好者，不远千里来观赛，看高手过招，偷学几路拳脚。

相扑运动如此普及，连小孩子也常常聚集在一起，玩耍，练习，以期大成。就如开头那首诗里写的一般，小相扑手动作都像模像样，柔若无骨。作者赵文是文天祥的学生，抗过元，当过书院山长，也算有着轰轰烈烈的一生。

唐朝以胖为美。李商隐是个不大接地气的诗人，但他还曾写过一本很接地气的书——《义山杂纂》，里面将"瘦人相扑"与"屠家念经"

等一起，归入了"不相称"的类型。可见那时的相扑手是胖乎乎的，瘦了不合适。日本恰好在这个时候大批大批派遣唐使来，把这种文化学走了。

宋朝伊始，大众从热爱富贵牡丹到欣赏清贵梅花，审美观变了，而相扑手要想获胜，就必须经常锻炼，时间一长，身材也练出来啦。所以宋朝相扑手应该非常健壮，而不是过于肥胖。可日本相扑界不知道这个情况，还自顾自胖着，且越来越胖——学偏了。

窥得门径，误入歧途，大概说的就是这种事。然而，吾道不孤，相伴而行，无论如何，能够传播他处，都是相扑的幸事。

没错，从某种意义上来说，此举也算成全了这个项目：如果把"胖"这一条件去除的话，在很多人看来，相扑就没看头了。因为大家看相扑就是为了看两个大胖子比力气，要想看瘦子，他们就去看摔跤了。

巨胖，这是相扑在传承中无意造成的一个痛点。幸好宋朝时的中国没有这项要求，否则，我们的女选手就惨了。

九、围绕女子相扑发生过什么故事？宋朝男女相扑手的穿着一样吗？

拳来踢去疾如飞，毕竟输赢是阿谁。
闹里有人能着眼，未曾交辊已先知。
——〔南宋〕释道冲《看相扑》

诗僧释道冲一心向佛。看看他所作的绝大部分诗题：《达磨大师赞》

31

杨万里像

《二祖赞》《三祖赞》《四祖赞》《六祖赞》《偈颂五十一首》……简直肃然起敬。

就算再一心向佛，他还是为相扑所迷，那些急如闪电的拳脚让这位敦厚的四川人一时忘了自己的出家人身份，不由得受影响跟风，听有经验的观众叽叽喳喳预测输赢，听得出了神。

杨万里，一生最为人称道的是他的清正廉洁——一次外埠任满，调任入京，俸禄存了万缗，竟全部弃之于官库，一文不取，潇洒而归。他独创"诚斋体"，曾写出过最壮丽阔大的荷花诗，盛赞西湖景："接天莲叶无穷碧，映日荷花别样红。"在这里，一首《角抵诗》，同样烘托出一个浩浩汤汤的名场面：

广场妙戏斗程才，才得天颜一笑开。

角抵罢时还摆宴，卷班出殿戴花回。

——凡事前面加上个"女"字，就格外引人注目。相扑本就好看，女子相扑呢？

看热闹不嫌事大。能让"天颜一笑开"、率领群臣集体出动、回来摆酒席还赐花戴的，不是相扑还能是什么？搞不好还是女子相扑呢，毕竟那个事在朝堂上下早就传开了：

宋仁宗嘉祐年间，按照惯例，汴梁大办元宵灯会，仁宗赵祯与民同乐，率后妃宫人臣子登上宣德门城楼，看各种艺人进献才艺。其中有女子相扑表演——他最喜欢的一项就是这个了。看到激烈处，仁宗不禁笑出声来："赏！"打赏之物雨点般落到舞台上，像极了如今网红直播时小迷弟们刷礼物的疯狂劲儿。

皇帝看得津津有味，臣子却看得怒冲脑门。一道奏折，司马光把不高兴全写了进去——对，就是那个小时候砸缸救人的司马光。奏折题目叫《论上元令妇人相扑状》，口气都有点生硬了。他说："可能是我愚钝吧？我怎么觉得：在宣德门这么严肃的地方举行女子相扑比赛，官家带着后妃命妇，和老百姓一起看女人光着身子打架，不怎么像

司马光像

话。您一定是受到了心术不正之人的误导。"言外之意："可快停看吧，丢人！"

仁宗听了，心下暗讲："好气哦。"可他到底算一代明君，并没有当面羞恼着急。这件事情之后，再也没有了女相扑手在宣德门表演的记录，但这项运动应该还在的——《梦粱录》中说，直到南宋时，都一直有女子相扑比赛。因为偶一为之，看得不过瘾，仁宗还叫人将那些女相扑艺人带进宫，两两比赛给他看。

那些女孩身姿矫健，与男相扑艺人一样，凭本事获得了一些雄阔的绰号，如赛关索、嚣三娘、黑四姐等，都是出场节目单上挂头牌的人物。

相扑会馆里每天第一场相扑必定安排女子相扑，主要目的不是非要她们比出个输赢，而是以此吸引上座率——好看就完了。

现代相扑，相扑手穿得很少，用外行人夸张的话来说就是"浑身上下只穿腰上一根绳儿"。那么在宋朝时，相扑手也这么穿吗？尤其是女选手？是啊，否则司马光不会那么生气了。

其实，敦煌壁画里已经出现了相扑手的形象，第十七窟中画着两个人，做角斗状，光着上身，只穿一条"犊鼻裤"——牛犊鼻子式样的裤子，从图片上看，像个三角裤头。而河南博物院有件藏品——宋朝绿釉陶俑，塑的是相扑选手。甲背对，挡住了乙。甲从姿势到丁字裤，

都妥妥的"日本范儿",可人家的确是如假包换的中国人呐。

对那时的相扑服装,现代解读众说纷纭:三角裤头、丁字裤、兜裆布……总之,很省布料。可以肯定的是,男女皆轻装上阵,至于轻装到什么程度,史书上没有细说,但有"赢(裸)戏"的记载——想来不会真的如此,穿得却一定不算多。

《水浒传》里写了男女相扑的场景:王庆和段三娘竞技,三娘穿着"箭杆小袖,紧身鹦哥绿短袄,下穿一条大裆紫夹绸裤儿"……人虽难看,衣服不丑。非正式比赛可能穿得多一些。

然而最魅惑的,还是女女搏击——同性较量除了格斗本身的看点外,更添了几分香艳。

成为国家级选手不仅可以提升自己的知名度,收获大量粉丝,还可以进宫表演,得到奖励,比普通选手的待遇好很多,社会地位也高,会受到尊敬。这使得女子相扑比之前还要热门。说到底,皇帝有皇帝的任性,仁宗大概采纳了一部分建议,觉得那场合不妥,却还是舍不得废除女子相扑。

仁宗这个人,任性的事情可不多,外出口渴,不吭声,怕侍从因没准备水壶而受罚。类似的事情太多。心眼好,善良,这在普通百姓身上,也已经挺招人喜欢了,在一位皇帝身上,简直是奇迹。他去世后,"京师罢市巷哭,数日不绝,虽乞丐与小儿,皆焚纸钱哭于大内之前",就连讣告送到辽国时,竟"燕境之人无远近皆聚哭",辽道宗耶律洪基痛哭道:"四十二年不识兵革矣!"真是仁慈爱民。看女子相扑这点小爱好,臣子们就忍了吧。

宋代各朝都热衷相扑,可女子相扑也仅仅流行于两宋而已,元代以后,相扑衰落,女子相扑更不复存在了。

十、宋朝的击壤游戏怎么玩？如今有没有类似的游戏？

五五三三抛堶忙，柳丝深处映陂塘。

狸奴犬子寻阴地，八九春中日正长。

——〔南宋〕张侃《代吴儿作小至后九九诗八解》（其七）

平实朴素，不慌不忙，这诗散漫得好。张侃甘居末僚，恬淡不争，"十五年来随分过，任人呼作在家僧"（《纪程十绝（其九）》），把日子过成了诗。

"八九"初春时节，白天一天天长了起来，柳丝倒映在水面上，猫儿狗儿找阴凉地歇着。人呢？哦，三个一群五个一伙，在那里抛堶呢。

诗共八首，写自己眼中的民俗景象，对应着俚语《冬九九歌》里的天气变化："一九二九闭门塞手，三九四九冻死鸡狗，五九六九沿河看柳，七九河开，八九燕来，九九加一九，耕牛遍地走。""八九燕来"，春天扎扎实实地到了，而春耕还没开始，日长天暖，人们有大把的时光，去浪费在玩耍上。

抛堶就是传说中的击壤。这个游戏很接地气，毕竟被称作"野老之戏"，村野乡夫的游戏。其实，不过因为风格比较粗犷豪放，很适合男孩子或男子玩罢了。

这玩意儿能溯源到原始人那儿去。

击壤的前身，是原始人投出土块、石头、木块，去获取猎物。为了能更准地击打飞禽走兽，他们会进行投掷训练，渐渐地有了娱乐性质。

简单地说，击壤游戏就是把砖头瓦片投到远处去，击中事先放在远处的另一块即胜。如此反复。

《艺经》里说，壤长"尺四"，两壤相距"三四十步"，其实是个大约数，没有死硬的规定——不应太近，也不会太远：太近了，易击中，难分高下；太远了，腕力不及，会泄气，玩不下去。

击壤很受古人的欢迎，无论多冷，都能玩得热火朝天。就算那个"一根筋"的司马光，也曾写过一首《皇帝阁春帖子词》献给皇帝，提到天下太平，柔风吹送，立春日，官家举行庆典仪式，亲手犁田，农人们将随之效仿，开展春耕——听，击壤的歌儿已经唱起来了。

诗里诗外，都感觉司马光笑眯眯的，不再像提意见那样怒冲冲了：

盛德方迎木，柔风渐布和。

省耕将效驾，击壤已闻歌。

关于击壤有个绕不过去的故事需要简单讲一下：四千多年前，传说尧偶然看到一位老人击壤，旁观者说，太平盛世才会有心情击壤，这全是托您的福啊。老人却边击壤边漫不经心地唱："日出而作，日入而息。凿井而饮，耕田而食。帝力于我何有哉！"他咏颂劳动和简朴生活，心下满足，而意境醇美——隐含的意思是：我干我的活吃我的饭，跟当权者有啥子关系嘛？

这种性格的人从来不是多数，而总偶然出现。梅尧臣就是其中一个。他几乎以一己之力，推开空言，力行平淡含蓄之风，让唐诗光芒覆盖下的宋诗有了自己的面目。梅尧臣出身农家，一生官轻职微，多因"不登权门"，即使对于当时在中央机关工作的好友欧阳修，也不愿登门，只写信问候。性情沉静简朴，不慕权贵，这样一个人才能完具诗心、童心。出门游玩，他兴致忽来，与朋友们玩起了击壤游戏，并将这事写进了诗里（《奉陪览秀亭抛堶》）：

> 聊为飞砾戏，愈切愈纷如。
>
> 自是取势阔，非关用意疏。
>
> 误惊花鸟起，乱破锦苔初。
>
> 童指拾将秃，多惭贾勇余。

他们将瓦块抛来抛去，越想击中越没有准头，解释说不是不用心，是取势太宏阔，距离设定得远，才惊动花鸟，划破青苔，打得稀里哗啦。负责捡瓦块的小孩儿来来回回忙活，手指磨得都要秃了，让诗人更惭愧自己技术不怎么样，只剩勇气富富有余罢了。

当代儿童的玩弹珠、丢沙包，以及最接近宋时玩法、俗称"打栢""打籴籴（音 gá ga，两头尖的小木棒）"的游戏，其实都是祖先玩过的游戏变种。孩子们可以组成"大宋沙包队"或"大宋籴籴队"，在课间或体育课上，体验一把那时的击壤古风。

十一、什么是水秋千？宋朝的水秋千比赛都比些什么？

> 钿车骄马锦相连，香尘逐管弦。瞥然飞过水秋千，清明寒食天。花贴贴，柳悬悬，莺房几醉眠。醉中不信有啼鹃，江南二十年。
>
> ——〔南宋〕张炎《阮郎归·有怀北游》

水秋千，又叫水百戏。敢叫百戏，动作应该很多，观感应该很好。

它天真地、喜洋洋地参与到这个世界中来，如同沉默里的一声啸叫，划下一丝反秩序的痕迹，赐予了人们一个惊喜。

《东京梦华录》中记载了汴梁水秋千表演的盛景："有两画船，上立秋千，船尾百戏人上竿，左右军院虞候监教鼓笛相和，又一人上蹴秋千，将平架（荡），筋斗掷身入水，谓之水秋千。"宋末元初，临安城里也还有水秋千的表演项目，不过声势规模都大不如前，遗老遗少再看，已难掩鼻酸。如张炎的词中所示，他是土生土长的临安人，正生活在宋元夹缝里，昔日公子算命为生，富贵变清贫，洒脱转沉郁，也就从李白活成了杜甫。

用现在的话说，表演现场的情况是这样的：河面上，两艘画船，船头竖着高高的秋千架。船尾，表演者上竿（玩些技巧动作），类似

〔元〕王振鹏《龙池竞渡图》中的水秋千

于开场戏。接着，船上的军官们敲鼓吹笛，乐声大作，激越昂扬，重头戏开始了——另一位表演者登上秋千，奋力悠来荡去，越来越快、越来越高，当秋千高到与架子横梁持平时，便猛然丢开绳索，飞向空中，借着秋千的回荡之力，来一个或几个空翻动作，然后入水……咦，这不是跳水吗？没错，就是现在的跳水运动，在宋朝已经比较成熟了。

水秋千不但有表演，还有比赛；不但有个人赛，还有团体赛；不但有男选手，还有女选手。每位选手都有自己的看家本领，看上去惊险优美，又变化无穷。

宋神宗赵顼在位时，出过一个著名的官僚王珪，东坡遭"乌台诗案"，承蒙此人踩过一脚；到重新被起用时，他又从中作梗。论政才，"自执政至宰相，凡十六年，无所建明，率道谀将顺"——没本事，没建树，一张巧嘴打天下，阿谀逢迎至公卿。其诗作喜欢将金银珠宝等字眼嵌进去，人称"至宝丹"。看，这首写水秋千的《宫词》里就有：

内人稀见水秋千，争擘珠帘帐殿前。

第一锦标谁夺得，右军输却小龙船。

——比赛中，那么多人看着，谁夺了头魁？堂堂禁卫军居然输给了小龙船上的民间"杂牌军"（真丢人）。

"锦标"一词首创于唐朝的赛龙舟。在比赛终点将一根长竿插到水中，长竿缠锦披彩，上挂银碗等奖品，这叫"锦标""彩标"或"标杆"。竞技者以夺取锦标为胜，所以，竞赛又称"夺标"。

宋徽宗特别喜欢水秋千。他下令，每年在全国范围内层层海选，挑出水秋千高手，进入皇宫，然后参加一年一度的水秋千大赛。大赛结束后，他还要亲自给优胜者颁奖。大赛所需经费由国家财政支出。

一到比赛日，宫里就会炸了锅，就像王珪诗里写的，宫女们你争我抢登楼上阁，拨开门窗上的珠帘，紧张而开心地观看，还指指点点，评说优劣，欢呼跳跃，自动充当了拉拉队和"水秋千宝贝"。

比动作的惊险、技术的高超，比发挥的稳定性……水秋千兼具跳水加杂技"空中飞人"的双重难度，因此，水秋千比现代跳水难度系数更高，也更惊险。起跳处非固定跳板，而是飞荡在空中不断活动着的秋千板，对起跳时机的把握有严格的要求，需要利用惯性，又得控制惯性，闹不好就摔在甲板上，头破血流。

随着比分的变化，观众心情起伏不定，而高手过招，常常分数相差无几，就看谁的心态更稳，偶有失误便前功尽弃。这样更增加了比赛的精彩度。

有时做领队的还可能是皇子——宋徽宗的三儿子就干过这事。

与陆上运动蹴鞠一样，水上运动水秋千也风行全国，成为宋朝从皇帝到平民都非常喜爱的一项体育运动项目。

同时兴起的还有水球运动。不过与今天打水球不同的是，比赛时非两队争抢，投球入门，而由参赛者轮流投掷气球，并以投掷的远近为标准，判断胜负。气球是猪膀胱吹起来的。这一点很不来劲，显得不大正规。

还有什么游乐项目是徽宗不喜欢的呢？他还专门为水球写过诗：

苑西廊畔碧沟长，修竹森森绿影凉。
戏掷水球争远近，流星一点耀波光。

——这么说吧，关于游乐，宋朝除了没网络及相关电子设备，现在我们有的，他们几乎什么都有。

十二、宋朝的赛龙舟是怎样的情形？船上都有哪些装备？

> 记得当年年少时，兰汤浴罢试新衣。
>
> 三三五五垂杨底，守定龙舟看不归。
>
> ——〔南宋〕黎廷瑞《端午东湖观竞渡》

谁不怀念宋朝的龙舟竞渡呢？

黎廷瑞做过南宋的小官，宋朝灭亡后，他移居深山十年。心心念念的，是旧时风物，比如怀想金陵（今江苏南京）玄武湖的雪，怀想鄂州（今湖北武汉）东湖上的龙舟——那时有多热闹，此时（作诗时）就有多落寞。

龙，中国等东亚国家的古代神话中描述的一种生活于海里的神异生物，为鳞虫之长，司掌行云布雨，象征祥瑞。龙文化一直是中国最具代表性的传统文化之一，从民间到庙堂，中华文明数千年，龙的影子无处不在。龙舟便是其中的一个载体。

南宋豪放派词人刘克庄写过一首《贺新郎·端午》（节选）：

> 儿女纷纷夸结束，新样钗符艾虎。早已有、游人观渡。
>
> 老大逢场慵作戏，任陌头、年少争旗鼓。溪雨急，浪花舞。

他说出自己观赛龙舟的感悟：装备齐整，观众期待，划舟少年争意气，可我上了年纪，懒得再演戏了。流急浪高，孩子们，你们玩去吧。

41

〔宋〕佚名《龙舟竞渡图》

看史上多少狠人，在政治、经济乃至文化的漩涡中漂流，拼力捞取腌臢荤腥，哪有干干净净来得心安？

刘克庄七十二岁时，宋蒙交战，有人说他被贾似道伪称凯旋的消息所蒙蔽，因惊喜写了十首赞扬他的诗，让后人误会，好冤枉；有人说他晚岁趋奉佞臣，为权钱首鼠两端，活该被后人唾骂臭千载。老人寿享遐龄八十三，蒙理宗隆宠，历江湖诗案，也曾打马御街前，也曾赋闲十一年，四度立朝五罢官……看赛龙舟的当儿，早看透了人生，所以发出这声叹息。听着就累。

他比喻他的，赛龙舟带来的可全是快乐。龙头高昂，龙尾漫卷，龙身旗帜随风猎猎有声。船舷两旁均匀排列着操桨手，船尾有持长桨的舵手，着整齐划一的表演服，一律为精壮的小伙。也有幔帐里坐着敲锣打鼓的，京戏的锣鼓开场一般，锣声响亮，鼓点密集，一刻不歇。行进中，翻船、落水者时时有之，他们会火速将翻船反转，爬上去，不顾浑身湿淋淋，挥桨再战……为了更加好看，还会常常让一群人将龙尾踩低，使龙头高翘，船头激起的急浪从龙嘴中喷吐出来，如龙吞云吐雨一般。岸上观者如堵，密集得连蜂儿蝶儿都飞不进去。

除了速度，人们还想看的是众人划桨是否整齐有力、踩艄姿态是否优美、龙嘴里是否能压出漂亮的水花……踩艄人一蹲一起，划手们一前一后，龙头嘴一张一合，观者随船上状况而心情起伏，歌吹声、笑声，声浪一波连一波。待第一支队伍冲过终点，夺得锦标，即掌声、喝彩声陡起，如飓风欲掀下天来。参与者和观者都从中生出一种心灵

〔南宋〕李嵩《天中水戏图》中的大型龙舟

豪迈和人生自信。

北宋神宗朝状元黄裳的《减字木兰花·竞渡》，将健儿们的一往无前写得真切：

红旗高举，飞出深深杨柳渚。鼓击春雷，直破烟波远远回。

欢声震地，惊退万人争战气。金碧楼西，衔得锦标第一归。

一只龙舟能不能赢得喝彩，除选手们的表现外，还取决于龙舟的扮相是否够出彩。

龙舟是实用的人造物，因此首先要求结实好用，之后才是审美：将木雕的龙头和龙尾插在船的前后两端，而通常船身遍插牙旗作为龙鳞。上乘的龙舟起码得有上百面牙旗，同时要配有幡旗、顶幔等装饰，旗幔上的刺绣千姿百态，有腾龙、飞凤、金刚、麒麟……鲜艳漂亮之外，彪悍又豪气。一旦划动起来，船上各色饰物便都"活"了，个个堪称"王炸"，像是开了特效。

这世上一半人的乐趣，另一半人不懂，也难分对错——玩龙舟的人的乐趣，不玩的人是不懂的。

十三、宋朝的流行音乐有哪几种？宋词有没有流传下来乐谱？

彩袖殷勤捧玉钟，当年拼却醉颜红。舞低杨柳楼心月，歌尽桃花扇底风。

——〔北宋〕晏幾道《鹧鸪天》（节选）

我们念起这首词，就看到一位歌女，她长袖广舒，醉中起舞，婉转歌唱，直到月沉树梢，还在摇动着桃花扇。

可以想见，一位女子，彩衣裳，红脸蛋，捧着玉杯子，偶尔抿上一口儿，边喝边自己给自己伴舞，拧成麻花儿，气息幽幽，嘴里唱着"庭院深深深几许""一曲新词酒一杯""墙里秋千墙外道""多情自古伤离别"……这些柔软得一掐就出水儿的句子，哀哀怨怨，楚楚怜怜，无疑，会拨动以男性为主的听众的心弦。这是啥？这不是那叫作"木野狐"的死东西围棋，这是真的、活生生的"狐狸精"啊，迷死人不偿命——你听你也迷。

跟着晏幾道，我们听了一回宋朝的流行歌曲，迷离恍惚中，歌者似神，听者化仙。而"凡有井水处，皆能歌柳词"，是人们用来形容歌词作者柳永词的传唱度。这个说法显然也适用于宋词："凡有井水处，皆能歌宋词。"

汉语是旋律性声调语言，本身就有四个腔调，稍加夸张就有了旋律，可见字就唱，或涓涓似细流，或澎湃如大江，填入词牌，即不歇流淌。

词牌大约有一千多个，现存两万多首宋词中，常用词牌只有一百多。一个词牌代表一种曲谱，词就是那时的歌词。

曲子词是词的早期名称之一，唐朝创制，五代完善，宋朝发展最盛，成就了宋词。

宋词才是真正的艺术歌曲，而当时的流行音乐，现在看也是妥妥的古典音乐。总体来说，宋朝的流行音乐有以下几种形式：

1. 教坊合乐

教坊是由宫廷组织成立的乐舞机构，唐朝就有了。宋朝的教坊规模恢宏，仅乐器演奏员就有几百人之多，除了伴奏，也可进行器乐独奏、齐奏、重奏或合奏，总之，表现力没说的。

教坊聚集了当时最优秀的音乐人才，属于国家级乐团，由国家财政发工资，一般表演大曲。大曲就是大型歌舞，曲体庞大而多变，类似于歌舞剧。姜夔曾将唐玄宗作曲的大曲——《霓裳羽衣曲》的片段保存在《白石道人歌曲》中，可惜最终还是荡然无存。

2. 燕乐

燕乐又称宴乐，在乱世北朝时期兴起，流行于士大夫的家庭私人聚会上，大都由家养的戏班子表演，规模一般只有几人，很大规模的有几十人。除了唱小词，也唱大曲。

北宋的一代名相寇准就十分喜爱燕乐："所临镇燕会，常至三十盏，必盛张乐，尤喜《柘枝舞》，用二十四人。"这个人忠诚是忠诚，刚正是刚正，也很疼爱自己，该享受的什么都落不下。不过，都是掏的自己腰包，他享受得理直气壮。中国老百姓是最好、最善良的老百姓，只要你为人民着想，不辜负得太厉害，他们都会真心盼着你享福。

3. 小唱

小唱，按照词牌唱宋词。姜夔有"小红低唱我吹箫"的词句，他所说的"低唱"，其实就是这种"小唱"。

因为演唱方式简单，随时可以开唱，观众的参与度还很高，愿意合唱就合唱，愿意对唱就对唱，愿意和姜夔一样吹个箫啥的，就来一段即兴伴奏……融融洽洽，大家心里都挺美。因此，从市井勾栏的商业表演，到皇家宫廷宴会、官府宴会，以及家宴、酒店茶舍的朋友小聚，小唱都深受欢迎。

姜夔坐像

宋词合唱的形式，当时叫"齐唱""群唱""群讴"等。

晏幾道的父亲晏殊开小令之先，被称为"倚声家（作词家）之初祖"，他曾写过一首《拂霓裳》：

乐秋天。晚荷花缀露珠圆。风日好，数行新雁贴寒烟。银簧调脆管，琼柱拨清弦。捧觥船。一声声、齐唱《太平年》。

人生百岁，离别易，会逢难。无事日，剩呼宾友启芳筵。星霜催绿鬓，风露损朱颜。惜清欢。又何妨、沉醉玉尊前。

哼一哼，莫名地有股昆曲《牡丹亭》的味道。词中所说用于齐唱的词牌子《太平年》，北宋时曾传到高丽宫廷。慢词唱来缓缓、悠悠的，很治愈。

当然，词牌子可以脱离开词，单独成曲。教坊或戏班子常这么干。

南宋末期，宋度宗赵禥的皇后回娘家祭拜家庙，所设宴会分初坐、歇坐、再坐三个环节，喝九盏酒。

歇坐专门听音乐，有个节目单：

第一盏，觱篥合，小唱《帘外花》。

第二盏，琵琶独奏《寿无疆》。

第三盏，筝琶、方响合，《双双燕》神曲。

第四盏，唱赚。

第五盏，鼓板、觱篥合，小唱《舞杨花》。

这一环节中，有器乐独奏、套曲演唱，首尾则都是小唱。《舞杨花》还是高宗赵构作的曲呢。

小唱一般由歌妓一人执拍板站立清唱，可以边歌边舞，也可以有

宿雨清畿甸

朝陽麗帝城

豐年人樂業

隴上踏歌行

〔南宋〕马远《踏歌图》

伴奏。

寇准有个侍妾蒨桃，能诗文，写过两首与小唱有关的《呈寇公》：

> 一曲清歌一束绫，美人犹自意嫌轻。
> 不知织女萤窗下，几度抛梭织得成？

> 风劲衣单手屡呵，幽窗轧轧度寒梭。
> 腊天日短不盈尺，何似妖姬一曲歌。

——句子清澈、明亮，像一双锐利的大眼睛。

可能蒨桃出身贫寒，所以直到可以歌舞欢乐时，也忘不了那些做工的小姐妹——这是替底层纺织女鸣不平呢。

清朝时，有人因此赞她"诗谏"。能用诗提意见的，男人中也不多——写这类诗的能力还在其次，这份心难得。

寇准也是好样的，据说他非但没急，还和诗一首：

> 将相功名终若何，不堪急景似奔梭。
> 人间万事何须问，且向樽前听艳歌。

他说的大意是，什么功名利禄啊，都是过眼烟云（我这个官当得也没那么容易，成天忙得跟孙子似的），日月如梭，人间万事就那么回事（管不了的就算了吧），喝点酒，听听歌，啥事不往心里搁。

可惜，原本能唱的这些古诗词成了案头文学。谱子？现在不能说没有，约等丁无吧，因为准确性存疑。

音乐是这样的事物，口传心授容易走样，录音最原汁原味，可条件不具备啊。我国古代的记谱符号又是有缺陷的，只能描述左右指法、徽的位置等，记音高还行，音长没法说清。要想打谱，须先自定板眼节拍，标出旋律，有点像梵文，天书一般。这太难了。《广陵散》就是我们因此丢失的第一张"金唱片"，而打谱实际上成为琴家对琴曲琴歌乐谱的二度创作。

也许姜夔意识到了乐谱流传的这个不足，他作曲蛮厉害的，很想传下来啊，所以，写了一部四卷本的词曲谱集——《白石道人歌曲》，里面用工尺旁谱、减字谱等记得详细，对应的歌词则大都是他的自度曲。什么是自度曲？自己作词作曲。可惜谱子遗失太多，只剩十七首自度曲和一首琴歌的俗字谱，万幸流传至今，他因此成了唯一一位词曲都留存于世的古代音乐家。

诗歌同源，吟唱同胎，从诞生之日起，词曲就没分过家。只不过宋朝之前是按词谱曲，宋词则是按谱填词。谱多散佚，究其根本，还应该是诗词文化缺失的问题——词人要懂曲，曲人要懂词，到哪里找这么全的人？而多数词牌子变化音多，强弱控制、情感控制等都很考验歌者的功底和气息，还得用官话唱，如此一来，即便当时，合格的歌者也不会多。同时，北宋末的丧乱让文艺遭受重创，人们吃饭都成问题，音乐被放在了一边，宋词乐谱迅速消亡。虽说有人认为昆曲里保存了一些词牌子的唱法，可多年下来，演唱者轮换了太多，谁知其中又有多少有意无意的变调？所以，硕果仅存的白石歌曲就成了相关研究者的宝贝。

20世纪90年代开始，便有人试着将姜夔自度曲"翻译"成曲子，到底是不是原调，难说。然而《杏花天影》真的很好听，由大艺术家龚琳娜唱来，就算姜白石地下有闻，也会落泪的——是美得落泪，声音、曲子、词，三个都美。感兴趣的话，可以去找第四届深圳声乐季的视频，听龚琳娜的大师课，她一个人就是一场声乐盛宴。

硬谱曲、硬唱、硬传承，貌似有点不靠谱，然即使得其一二，也功德无量了。

十四、宋朝的歌手须具备什么条件？当时歌妓中有会写词的吗?

唱歌须是，玉人檀口，皓齿冰肤。意传心事，语娇声颤，字如贯珠。

老翁虽是解歌，无奈雪鬓霜须。大家且道，是伊模样，怎如念奴。

——〔北宋〕李廌（zhì）《品令》

我们想了解宋朝歌手的条件怎么样，李廌就说了：得好看——小嘴儿，白牙，吹弹可破的好皮肤；得好听——能传情达意，声音娇媚，吐字清晰连贯。

他还说：我虽然是人家的知音，可我老了呀（这真遗憾）……男人啊，多老都有一颗少年心。布衣李廌，竹君子，石大人，千岁友，四时春，潇潇洒洒做自己，直至谢世都没有为官一天，其实当属幸运之人。

在《梦溪笔谈》中，沈括谈到了优秀歌手的几条标准："古之善歌者有语，谓当使声中无字，字中有声。凡曲止是一声，清浊高下如萦终耳。字则有喉、唇、齿、舌等音不同。当使字字举本皆轻圆，悉融入声中，令转换处无磊块。"

从这段话里可以看出，宋词的演唱要求字正腔圆，不会是现在流行歌曲中一些含糊不清的说唱。

那时的伴奏乐器也非常多，可以说有什么，什么就可伴奏：埙、

51

〔宋〕佚名《歌乐图》中的歌妓

竽篪、笙、管、笛、箫、筝、古琴、琵琶、箜篌、拍板、杖鼓、大鼓、羯鼓等，吹奏、丝弦、打击乐器……齐全得很，乐器名字加起来都振聋发聩。

在以柔为美的风气下，宋朝"独重女音"，歌者中有专业歌手，也有歌妓。她们是传播宋词的生力军。

歌者相貌甜美，精通音律，能歌善舞，有较高的文艺素养。她们大都敏感细腻，性格温柔，所以出现过那么多才子佳人的爱情佳话。

聂胜琼，对她的年龄、籍贯、家庭背景等，史上无一字记载，早年经历也没人知晓。也许出于无奈，长大后沦落风尘，成为汴梁樊楼上有名的歌妓，歌声美得像美玉碎、凤凰鸣。

李之问，北宋地方官员，因在长安（今陕西西安）任职期满，来京城报备改官，风月场偶遇聂胜琼。故事由此展开。

她把自己唱给他听——《鹧鸪天·别情》：

> 玉惨花愁出凤城，莲花楼下柳青青。尊前一唱阳关曲，
> 别个人人第五程。
>
> 寻好梦，梦难成，有谁知我此时情。枕前泪共阶前雨，
> 隔个窗儿滴到明。

——听说你要离开凤城，美玉突然惨白而心惊，花儿也泛起了忧愁，莲花楼下柳色青，举杯唱起离别曲，为多看你一眼我送你五程。睡不着，相会梦中也不成，有谁能懂我的情？枕上的泪水合着雨，隔着窗子直

滴到天明。

热切而单纯，多美好的诗句。

李不可能不赠诗与聂，现在看，是失传了，聂赠李的却留了下来。而单看遣词造句，谁能想到作者是一位身处下层、常被侮辱的歌妓呢？说晏幾道、柳永写的也不是不可以。才情若此，难怪李之问对她一见钟情，而因为这首词，他又在汴京多留了几个月，再来时为她赎身，带回了长安的家。

北宋还有一位歌妓乐婉，为杭州城里某坊头牌，与聂胜琼一样，色艺双绝。

她有一首词，同样惜别，题为《卜算子·答施》：

> 相思似海深，旧事如天远。泪滴千千万万行，更使人、
> 愁肠断。
>
> 要见无因见，拚了终难拚。若是前生未有缘，待重结、
> 来生愿。

——相思像海，深不可探，往事渺渺，如天遥远。我流了万万千千行的眼泪，哀愁太重，直叫我承受不住而崩溃，肝肠寸断！

多想见你，没法再见，了无指望，舍弃真难。说要死了这条心又哪能死得了？今生无缘，待来生实现我俩结为夫妻的心愿。

上阕一泻江河，如放声痛哭；下阕则点点滴滴，断续呜咽……其感染力放在这，明显仍是女作者胜了男作者。

乐婉答施酒监，与李聂一段情如出一辙——施酒监在杭州地方任满后回汴京，与乐婉分别，临行前写下《卜算子·赠乐婉杭妓》：

> 相逢情便深，恨不相逢早。识尽千千万万人，终不似、

伊家好。

别你登长道，转更添烦恼。楼外朱楼独倚栏，满目围芳草。

他说着"相见恨晚"的话，对着她"谁都不如你"不断头地夸，道自己转上大路就会"更想你"，以后会倚着朱栏孤孤独独"更更想你"……初识、热恋、临别、别后，实写、虚写，缠缠绵绵写了个遍。

两人唱和虽然和美，施酒监也貌似深情，然而乐婉和聂胜琼的命运终有所不同：亲爱的回去就断了音讯，永世未再见。惜别终成诀别词。

《全宋词》中，有23位歌妓的23首词作，其中一首分隶于二人名下。另有五首残篇。数量虽少，质量较高。

社会戾气对国家或个人都是一种潜在的危害，谁都有别人不知道的压力，如若创造一些方式，加以疏导和化解，那就再好不过了。宋词清新唯美，曲子饶有韵致，而浅斟低唱，这样的方式最适合下班后的放松，因此赢得了大众的喜爱。

十五、宋朝的假期多吗？都有哪些奇葩节假日？

拖被蒙头贪睡足，莎庭卧鼓嗒衙迟。

宾僚莫讶吾慵甚，忙里偷闲亦暂时。

——〔南宋〕薛季宣《假日》

"痛痛快快蒙头大睡，睡到自然醒吧，不用听提醒上班的破闹钟啦，已经过了上班的点儿。别笑话我懒得这样，我也是忙里偷闲，放假了才歇这么一会儿。"这是当代青年的假期日常。

宋朝人也这么想。

哲学家薛季宣，永嘉学派的创始人，少孤，随伯父宦游四方，拜师学礼、乐、兵、农，后来自己也做点小官，抽空做学问，时间安排得好，各方面都很有成绩，是善于"弹钢琴"的那类人。

艺术生活化，生活艺术化，宋朝是中国历史上最适合生活的朝代之一，假期自然不会短，主要分定期休息日、重大节假日、特殊假日三大类。

定期休息日类似于周末，宋朝的公务员是每十天休一天，被称为"旬假"，每月三天旬假，一年合计三十六天。

"官吏休假，元旦、寒食、冬至各七日；上元、夏至、中元各三日；立春、清明各一日……"逢节必休，假日共七十七天。

如此算来，宋朝体制内一年的既定假期大致就有一百一十三天。

特殊假日则主要指事假、病假等。

事假包含婚假、丧假——本人结婚，婚假是九天，直系亲属结婚，假期是一到五天；丧假是所有假中最长的，百善孝为先，大小文官皆强制放三年，谓之"丁忧"，武官的丧假则只有一百天。授业老师去世循例也有三天假。

生病无法上班，自然有病假，时间最长为一百天。主要针对重大疾病，且审核过程非常复杂，还得有单位的考核和担保人。

在编人员如果异地上班，还有探亲假，根据距离远近而定，十几到数十天不等。另外，五月份有十五天的田假，九月份有十五天备制寒衣假。

为了过好年，每年腊月二十就停止办公了，谓之"封印"，让官员回家团聚。那么啥时"开印"呢？来年的正月二十之前。宋朝体制内各级人等都算上，过年时实际能放假至少一个月。

宋朝还有很多奇葩的临时假期。比如太祖的父亲腊月初七去世，就一口气放了七天假；仁宗的母亲腊月初十生日，也一口气放了三天假。真宗时，因为民间纷传有"天书下降人间"的祥瑞之事，又将正月初三日定为天庆节，一口气放假五天。

还有，皇帝们的生日统统都是假期！两宋各九朝共十八帝，宋太祖的生日叫长春节，宋太宗的生日叫乾明节，后来改为寿宁节。之后分别对应的是：宋真宗—承天节、宋仁宗—乾元节、宋英宗—寿圣节、宋神宗—同天节、宋哲宗—兴龙节、宋徽宗—天宁节、宋钦宗—乾龙节、宋高宗—天申节、宋孝宗—会庆节、宋光宗—重明节、宋宁宗—瑞庆节、宋理宗—天基节、宋度宗—乾会节、宋恭帝—天瑞节……

太多了，其中好几个，都让人恍恍惚惚看成了"上元节""重阳节"的山寨版。难为了取名字的一代代下属。

官营的手工业作坊中，雇佣工人一年可以休假六十天。也比较理想。

元朝到来，官方规定的全年假期只剩下十六天——元政府认为生命在于运动，工作就是福气，假期多了人会闲得生病。也是个"道理"。

因为不用赶时间，才会觉得时间有质感，不是滑过无痕。宋朝官员节假日会做点自己喜欢的事。

比如，薛季宣的温州老乡、孝宗朝同朝为官的理学家赵蕃，出了名的爱妻爱子模范，曾长期奋战在基层，异地思乡，百无聊赖想去登楼，好几回才实现愿望——整天刮风下雨，终于天晴，得以成行，高兴得再三举手谢沙鸥（《登岳阳楼》）：

几思假日赋登楼，风雨连连不肯休。

待得晴时又成去，再三举手谢沙鸥。

王禹偁世代务农，父母磨面养家，因此就算官做得再大，他对农活儿也不陌生。假日，与他的朋友去郊外采草药，像如今什么"全家周末采草莓"活动一样，不过人家不是吃，是带回来种（《寄宁陵陈长官》）：

> 吏隐宁陵县，琴堂枕古河。
>
> 家山隔江远，风雨过船多。
>
> 假日亲寻药，公庭自种莎。
>
> 相逢如旧识，执手动劳歌。

——句子简雅古淡，一如他一贯的风格：先生工作在宁陵县，琴室就枕着古老的大河。故土隔江在很远的地方，而江上船只来往众多。休假时亲自去寻草药，在院子里种上香附子。遇见时我们如同认识了很久，一起动手感受劳动之乐。

一场雨后，花香隐约，谁能忍住不去寻一寻花香来处呢？有些与时令有关的、宋朝自己独有的节日，比如临安开发的花朝节、探梅节，洛阳开发的万花会等，都浪漫优雅之至，令人愉悦、放松、自在和幸福。宋朝人像艺术家创造艺术品一样，去创造自己的生活，将中国古典美学阐释成了生活美学。

每每其时，都人山人海，有的竟不远千里而来，只为看花。这不是个修饰用语，而是实在的史书记载："都人士女必倾城往观，乡人扶老携幼，不远千里，其为时所贵重如此。"要知道，那时的"不远千里"简直等于现在的"不远万里"了，

〔宋〕佚名《出水芙蓉图》

行路多难。

其中不但有许多女子，还会看到和尚的身影。如果上前询问，他们会告诉你："云游也是宣传佛法的方式啊。谁规定出家人不许看花听水？"也许他还会打趣你："唐朝来的吧？女菩萨，您过时了。"

另外，还有不少官家临时起意放的假，比如大赦天下、接班上任等。算下来，宋朝的实际假期加在一起，比前朝都要多得多。

十六、宋朝人怎样过春节？诗人们如何描述这个中国人最重视的节日？

爆竹声中一岁除，春风送暖入屠苏。

千门万户曈曈日，总把新桃换旧符。

——〔北宋〕王安石《元日》

春节是爱和美的节日。人得经过爱，见过美，才能拥有强大和勇敢，去对抗世界的粗糙，以及离开人间的恐惧。对此我深信不疑。而一个衔枚疾走的年代，放不下一份缓慢低唱的美和爱意——就像此刻，心头浮上的那些浑朴诚实的绝唱。

在宋朝，人们屋子四周遍植草木，平时一推门就可以看见闲云不成雨，晚上听得见虫鸣催岁寒，春节呢，正值严冬，一切宜暖，他们会喝着屠苏酒，暖洋洋、醉醺醺的，把新桃换了旧符。

诗中说的是旧年已尽，春风吹来，阳光小火一样舔舐人间，人们慢悠悠喝酒，在太阳下除旧布新……过年不但换新桃新春联，更是大扫除，删掉一切肮脏、黑暗和乱七八糟——五十年后，也不知有没有"我"了，如果有，会在乎五十年前没升上官吗？不会，彼时会知道，曾经的万般纠结皆荒唐。所以，得从现在开始，就给自己"除旧"，去冗余。

除此之外，宋朝人过年还做些有意思的事，如"卖痴呆"——吴中民俗，除夕儿童出门卖痴卖呆，意谓将痴呆转移给别人。范成大的《卖痴呆词》这样描述：

> 除夕更阑人不睡，厌禳钝滞迎新岁。
> 小儿呼叫走长街，云有痴呆召人买。

过年这种热闹事、好玩事，怎么能少得了苏东坡？他的旷达在历代诗人中都数得着，于《守岁》一诗里，也分毫不减：

> 欲知垂尽岁，有似赴壑蛇。
> 修鳞半已没，去意谁能遮。
> 况欲系其尾，虽勤知奈何。
> 儿童强不睡，相守夜欢哗。
> 晨鸡且勿唱，更鼓畏添挝。
> 坐久灯烬落，起看北斗斜。
> 明年岂无年，心事恐蹉跎。
> 努力尽今夕，少年犹可夸。

——他将即将逝去的年岁比作游向深沟、势不可挡的长蛇，而守岁正如想要系住它的尾巴，纯属徒劳无功。诗里守岁儿童的纯稚情状与大人的复杂心情形成鲜明对比。作这首诗时临近年终，东坡想回汴梁与父、弟团聚而不可得，因此写诗寄给弟弟苏辙——就是那个常常在苏

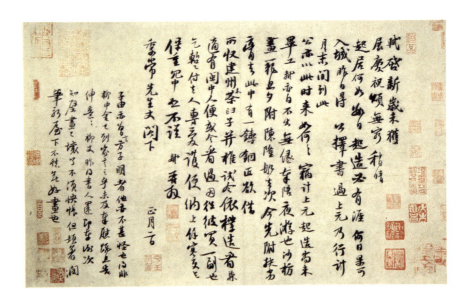

〔北宋〕苏轼《新岁展庆帖》

诗中出现的"子由"。

南宋文人张世南喜欢收藏，他手头有一些拜年帖，是北宋黄庭坚、秦观、晁补之等人的。那时，士大夫派仆人去朋友家送拜年帖非常普遍，就像如今邮寄贺卡一样。可张世南就是淘不到司马光的，因为那位对人生持峻刻态度的老夫子坚决不发拜年帖，他认为："不诚之事，不可为也。"他要拜年，必须亲自登门。也是古板得很可爱了。

不出正月就是年。月亮很大的时候，陆游会拄杖叩门，去《游山西村》："……箫鼓追随春社近，衣冠简朴古风存。从今若许闲乘月，拄杖无时夜叩门。"农家酒味虽薄，待客情意却十分深厚，叫人体察喜悦之余，又可探知宋诗特有的理趣——"山重水复，柳暗花明"，在人生中的某些时候，人们的感觉与诗句所述会有惊人的契合之处。而诗中提到的春社，古无定日，自宋朝起，以立春后第五个戊日为社日，一般为农历的二月初一。这一天，农家会诚恳虔敬祭社祈年，热闹吹打，对年景充满期待。

除了煦暖醇厚的"古风存"，在这类诗里需要体味的，就是那些古今一般无二的心。

乾坤空落落，岁月去堂堂。

末路惊风雨，穷边饱雪霜。

命随年欲尽，身与世俱忘。

无复屠苏梦，挑灯夜未央。

不说作者，没人会想这孤岛一样的诗出自大英雄之手。此诗作于文天祥平生度过的最后一个除夕夜。句子平淡，没有"天地有正气""留取丹心照汗青"里汉字的明艳和凶猛，只平白说出与家人一起过年的愿望，像深夜照在瓷器上的光，冷暖兼备。

我们住在结实而沉闷的钢筋水泥里，听不见风雨，只听见市声；看不见天空，只看见狂妄的空气指数。大地母亲呼唤每一个孩子，没人听见；月亮很大和很小的时候，也没人看见。而我们一在古诗词里过年、过日子，耳朵里就有一条天籁的河流淌过，眼里开始养起两块翡翠，心亮起来，被放飞在天地间……相信我们的孩子们还能拥有这样浓浓的幸福。

宋人闲情
SONGREN XIANQING

美食香馔篇

杯盘晃耀似星月

"民以食为天"，一语道破，堪称真理——是人就得吃饭，活着就得吃饭，吃饭是百姓的头等大事。吃得下、睡得着、笑得出，算不算幸福的三大要素？

祖先说的老话，除了个别的——如"不孝有三，无后为大"等有数的几句难说有理，还有的被曲解了原意，如"人不为己，天诛地灭"——一般说来，错不了。

也有的受到历史条件限制。"世间唯有读书好，天下无如吃饭难"，时间的原野上，"吃"这个字铺天盖地，重如泰山。很长的一段时间里，它压得人们喘不过气来。于是，古人总结经验：读书，及第，登天子堂，可保衣食无忧。"千里做官，为的吃穿"，这句有些道理、谬误也不小的民谚曾经流传很远。

"能吃是福，善吃是智"，到了宋朝，人民群众早就不再满足于"吃饱"，而开始谋求"吃好"，在吃饭问题上，展现出无边的智慧。

十七、宋朝人一天吃几顿饭？可不可以叫外卖？

东瓯倦客又西征，路入芝田已绝腥。

每日三厨都是笋，看看满腹万竿青。

——〔宋〕佚名　阙题

如今，人们常说"一日三餐"，似乎一天三顿饭是很正常的事，殊不知，三餐制不是自古有之的——走到今天，人类好难。

秦汉时期，人们普遍一天吃两顿饭，贵族阶层才一天吃三顿饭。之后，随着农牧业的发展，两宋时期，仓廪实而衣食足，平民百姓习惯了一日三餐。

通常在天色微明时分，人们开始吃早餐，除了主食，还有粥羹流食。北宋汴京早市上，"酒店多点灯烛沽卖，每分不过二十文，并粥饭点心"。

中餐一般在正午时分开始，多食用各式饼、饭及菜蔬。

晚餐时间则很早，与当时农业社会"日出而作、日落而息"的生活习惯相一致。

相传开篇那首诗源自一场聚会。几个县令同期中举，又分散为官，混得不易，难得一聚，都喝大了。座中感慨万千，一位河南小镇来的小兄弟首先口占了一首《三鸦镇题壁》：

二年憔悴在三鸦，无米无钱怎养家？

每日两餐都是藕，看看口里出莲花。

其中一位，闻此共鸣，依此范式，写下了开头那首诗。

另一位居官吴中，居住在太湖边上，还不错，留下了名姓：高公泗。他也乘兴写下《吴中羊肉价高有感》：

平江九百一斤羊，俸薄如何敢买尝。

只把鱼虾供两膳，肚皮今作小池塘。

——虽说吃得都不怎么样，可吃笋的起码实现了三餐自由，这俩还不如人家呢。啥县令聚会，简直是比惨大会。当然，有夸张的成分——对于宋朝的非底层人家，日食三餐还是不难的。

别看他们在诗里说只吃藕、鱼、笋，也多半是调侃——清廉的话，可能艰苦些，哪会那么单一？汤圆、豆芽、油条、爆米花……新鲜食物不断被挖掘出来，煎、炒、烹、炸、卤、溜、腊、蜜等几十种烹饪方式成为两宋厨师的必备技能，《清明上河图》里随便溜达出一位，都是专家级别的美食家。就算辣椒还没传进国门，也不耽误嗜辣人群的欢喜大嚼——胡椒、川椒（花椒）、茱萸、黄姜和芥末都可以取辣，其中胡椒是辣味界的扛把子大哥。

搞笑的是，宋朝的爆米花一开始是用来占卜的——可能因为视觉刺激加声音效果，让古人觉得神奇：糯米下锅，使劲翻炒，"啪啪"爆开……妙哇。装盘占卜完后，也不能浪费，就把沾上了一亿个细菌的糯米花吃下肚去。不知经历了多少次闹肚子，糯米花终于不再用来占卜，而只用来食用；玉米、大米等也赶着加入了爆炒成花的队伍。

如果不想做饭，宋朝人可以随时下馆子，或者叫外卖。外卖服务主要用跑的，还是看《清明上河图》：满街甩开小短腿，跑着外卖小哥。人家小哥未必腿短，赖张择端画得短。

外卖服务共有三种方式，一是叫下人去饭店要菜，自己带回来；

二是和相熟的酒店提前订好饭菜，定点送达；三是在一些特殊的场合，比如赌场等地，到了饭点，有人送饭成了惯例。

当然，并不是所有餐馆都提供外卖服务的。盛外卖的用具很特别，竹木、珐琅或陶瓷食盒，里面是能保温的温盘——两层，盘子侧面穿一两个圆孔，注入热水，便可保温。里面又有温碗、温盏、温盅等，汤汤水水的，一个不小心摔碎了，不但饭菜全废，餐具也玩儿完啦。这对店铺和外卖员来说都是不小的损失，赔不起。

宋高宗赵构像

宋高宗喜欢下苍蝇馆子。一次，他微服私访直到天黑，肚子咕咕叫起来。他环顾四周，并没有发现高档酒店，按压不住河南人DNA的觉醒，不顾随从反对，闪身坐进旁边的大排档里，点上一个大馒头两碟小菜，埋头吃起来了。

这一吃不要紧，竟发现：咦？居然不比皇宫里的差！他非常高兴，当场赏赐了跑堂的，数目还不小。后来大家就传开了，说有位神秘人士，看着穿戴也就那样，可出手就是大手笔，真豪横！

宋孝宗则喜欢派人到街市上点外卖，比如甜食、面饼之类，都是他经常叫的。谁能挡住来自碳水化合物的快乐啊。

皇上都喜欢，自然带动了民众的热情，况且真的方便，多化不了几个钱。人们在饭馆吃早餐成了习惯，而外卖行业飞速崛起，且一朝比一朝、一代比一代更加完善发达。到现在，年轻人都成了外卖达人。

十八、宋朝人口味有多生猛？他们开发过哪些叫人惊愕的品种？

净洗铛，少着水，柴头罨（yǎn）烟焰不起。

待他自熟莫催他，火候足时他自美。

黄州好猪肉，价贱如泥土。

贵者不肯吃，贫者不解煮。

早晨起来打两碗，饱得自家君莫管。

——〔北宋〕苏轼《猪肉颂》

说到宋朝人的吃，不得不提到苏东坡。

作为生活大师，东坡爱吃、善吃，还热心开发菜品——东坡肉、东坡肘子、东坡豆腐、东坡羹、东坡饼、东坡烧卖、东坡脯、东坡酥……这么说吧，东坡发明或以之命名的菜品，煎炒烹炸，荤素俱全，餐前开胃，餐后甜点，其中很多化腐朽为神奇，可以直接组成中国第九大菜系。

东坡肉

比如东坡肉，就是他困顿中的灵感闪现，并大笔一挥，写下《猪肉颂》，把这种做法传了出去。

竹外桃花三两枝，

春江水暖鸭先知。

蒌蒿满地芦芽短，

正是河豚欲上时。

苏轼像

这是东坡一首写初春景色的名诗，同时可以看出：宋朝人为了吃彻底豁出去了，河豚从大海回到江河，再到九曲回肠的腹中，只有一个油锅的距离。

河豚的毒素仅一两毫克就能致使一个成年人在三十分钟内死亡。更要命的是：其毒素十分稳定，一般的加热方法根本无法灭掉。有点像现在时不时上新闻、常出人命的除草剂"百草枯"，令胆小一点的人闻风丧胆。

宋仁宗景祐年间，梅尧臣去建德（今安徽东至）任县令，此时知守饶州（今江西鄱阳）的范仲淹约他同游庐山。稍后范公所设的宴席上，有客人聊起河豚，引发梅的诗兴，即席而成《范饶州坐中客语食河豚鱼》：

春洲生荻芽，春岸飞杨花。

河豚于此时，贵不数鱼虾。

其状已可怪，其毒亦莫加。

忿腹若封豕，怒目犹吴蛙。

庖煎苟失所，入喉为镆铘。

若此丧躯体，何须资齿牙？

持问南方人，党护复矜夸。

皆言美无度，谁谓死如麻！

我语不能屈，自思空咄嗟。

退之来潮阳，始惮餐笼蛇。

子厚居柳州，而甘食虾蟆。

二物虽可憎，性命无舛差。

斯味曾不比，中藏祸无涯。

甚美恶亦称，此言诚可嘉。

大意是：

春天水边小洲生出嫩芽，岸上的杨柳吐絮飞花。

河豚鱼恰在这时候上市，价格昂贵超过了鱼虾。

样貌足以让人觉得奇怪，毒性没食物能比上它。

鼓动大腹好像一头肥猪，突出双眼如吴地青蛙。

烧煮如果不慎重不得法，吃下丧命如利剑宰杀。

如此能使人丧命的食物，人们又为什么去吃它？

我把这问题请教南方人，他们却对之夸了又夸。

都说这鱼实在味道鲜美，不提它毒死的人如麻。

我没什么办法驳倒他们，反复思想而空自嗟讶。

韩愈来到潮阳那潮湿地，看当地吃蛇也被惊吓。

柳宗元被贬到柳州不久，就坦然地吃起了虾蟆。

蛇和虾蟆形状虽然古怪，但对人无害无需害怕。

河豚味美虽然超过它们，但隐藏祸患无边无涯。

太美的东西一定也很恶，古人此话一点也不差。

——他为河豚传神写照，简直将其灵魂剥得一干二净。

好玩的是，诗人们起了联动效用：不知这首诗有什么魔法，还是纯粹因为赶巧了，欧阳修有段时间每次身体不舒服时，就把它大声朗读几遍，病即不治而愈。于是他越来越喜欢它，还为之题跋，抄录下来，当成奇珍异宝赠送友人……好好的一个宋诗"开山祖师"梅尧臣，从此在社会上添了新的雅号：梅河豚。大概他心里对欧阳修演练过这句话："好朋友，我谢谢你。"

春天一到，万物躁动，人也像真的被下了蛊，大家会突然记起吃河豚这件事，着迷于它的美味，不能自拔，甚至吃不到河豚时，还要将其他食物做出河豚的样子和味道，用来骗骗自己。宋朝每年因吃河豚而一命呜呼的，大概总能排到当年死亡原因的前几位。

宋朝人喜欢吃羊肉，当时就有蒸软羊、酒蒸羊、绣吹羊、五味杏酪羊、千里羊、羊杂、羊头元鱼、羊蹄笋、细抹羊生脍、改汁羊撺粉……有的名字我们都没听说过。而在《清明上河图》中，明显可辨有"孙羊店正店"一处，即卖羊肉的店铺，屋后倒扣着一大堆空酒坛子——生意奇好，他家的羊肉肯定卖得火爆。

〔北宋〕张择端《清明上河图》中的孙羊店

〔宋〕厨娘剖鱼画像砖

〔宋〕佚名《三羊图》

宋朝人还特别喜欢吃鱼，有许多做法，煎鱼、紫苏鱼、旋切鱼脍、水晶脍、虾鱼包儿、江鱼包儿，等等。其中的水晶脍是将切细的鱼、肉碎片配以佐料，经烹煮、冷冻后形成半透明块状。因透明如水晶，故有此称。

另外，还有一种佳肴叫作"鱼生"：剥去鱼鳞鱼皮，再将鱼骨剔除，最后用小刀把鱼肉一片片切好，蘸着酱料吃。是不是似曾相识？没错，如今日本料理刺身化用了这种吃法。此外，还有生吃螃蟹、生吃虾……

在那么遥远的岁月里，宋朝人居然还开始吃起了鲨鱼！这在今天来说，也算很生猛啦（当然也很不环保，不提倡），况且那时没有先进的捕捞工具，也没有多好的保护措施，偏能将这种食材搞到手，还敢送进口。够帅气。

那么，对于这种庞然大物，要怎样做才能吃到嘴里呢？"煮熟，剪以为羹，一缕可作一瓯。"宋朝人将鲨鱼皮剪成粉皮一样，一条一条的，用来炖汤煲粥……就这样，一场静悄悄的饮食革命在中国人的味蕾上泼辣辣地爆开了。

天不怕地不怕，就怕亏待了自己的嘴巴，而无论穷富贵贱，人得笑着走路，得活得有个人样。宋朝人在吃或诗词上，都是东坡的知己。

十九、宋朝的北方人吃什么主食？他们的菜篮子满不满？

> 先生馋病老难医，赤米魇晨炊。自种畦中白菜，腌成瓮里黄齑。
>
> 肥葱细点，香油慢煿（chǎo，同"炒"），汤饼如丝。早晚一杯无害，神仙九转休痴。
>
> ——〔南宋〕朱敦儒《朝中措》

在宋朝古籍中，可以看到"南食""北食""川饭"等字眼，可见，当时已经有了专擅地方性美食的酒店。而他们的日常主食也显现出南北差异——北方人以面食为主，南方人以米食为主。

面食种类丰富多样，主要有包子、馒头、烙饼等，其他还有馄饨、饺子、类似于饺子的馉饳（gǔ duò）……也常见于彼时餐桌。

而在宋朝人眼里，凡是以面做成的食物都可以概括为"饼"这个词。

比如，明火烤的面团称烤饼，隔着器皿烤的称烙饼，用火烤成的叫烧饼，用水煮成的叫汤饼，条状的是索饼，炸面团为炸饼，还有油饼、糖饼、胡饼、环饼……都是饼。跟英语系国家造词似的，甭管是姑姑、婶婶、伯母、姨母或舅母，你一律叫她 aunt，就 OK 了。省心。说到底，还是我们的前人在美食研制方面更胜一筹，做得细巧，吃得细腻。

按照这个逻辑，蒸汽催熟的自然就是蒸饼喽。《水浒传》里，武大郎赖以为生的就是蒸饼。蒸饼就蒸饼吧，干嘛又"炊饼"呢？仁宗曾用名赵受益，后改名赵祯，"蒸"与"祯"谐音，犯了国讳，所以武大先生只好沿街叫卖"炊饼，炊饼……"了。

朱敦儒的那首词说到了汤饼，"汤饼如丝"，描绘出面条的样子。

寒冷的冬天，呵手缩肩，到小酒馆听老板喊一句"客官，来碗汤饼吧"，真是如沐春风。宋朝人认为，"涕冻鼻中，霜凝口外"时，要想"充虚解战"，抵抗寒冷，汤饼是最好的食物。

中国人过生日要吃长寿面，这种讲究由来已久，老人寿辰或小孩出生第三天、满月时，很多地方有举行仪式的风俗，备有象征长寿的汤饼，这样的庆贺宴会被称为"汤饼会"。

宋朝的汤饼多达百余种，为如今大江南北的面条奠定了雏形：汴梁的特色面有百合面、云英面、桐皮面、大燠面、罨生软羊面；后来，临安面的品种也多起来了，丝鸡面、三鲜面、盐煎面、笋辣面、猪羊罨生面……过水的爽口，浇汁的浓鲜，其中的名堂，也许只有厨师本人才能知道。

云英面做起来步骤烦琐。北宋末年，汴梁人郑文宝发明了云英面：以藕、莲、菱、鸡头、荸荠与百合等混在一起，配以瘦肉蒸熟，然后在石臼中捣烂，加上蒸熟的糖和蜜，再入石臼捣，使糖、蜜和各种原料拌匀，随后取出作一团，等面冷变硬，用刀切着吃……确定不是新疆的切糕？

到了南宋末年，药棋面在临安大行其道。这种面仅细一分，其薄如纸，就是我们现在说的龙须面。如同此地的语言风格南北混杂，在吴语区是个另类，这个城市的百姓主食也有点兼收并蓄的意思——作为南方，米饭自然是主食，面条却也照吃不误——但凡是个中国人，谁还没吃过面条啊？

南方人陆游就是面条爱好者，一首《朝饥食齑面甚美戏作》，妥妥一颗吃货心：

> 一杯斋馎饦，手自芼油葱。
> 天上苏陀供，悬知未易同。

——加一杯姜齑蒜末，亲手做成了葱油食品，与天上供奉的酥酡，不知有什么不同。

那么，宋朝都有哪些果蔬呢？

其实和今天市场上的蔬菜差不多，韭菜、芹菜、萝卜、菠菜、茄子、葱、姜、蒜等，都有。不过，萝卜品种里不包括胡萝卜。另外，田野里一片一片的，竹笋、蕨菜、莼菜、荠菜、马齿苋、蘑菇……想吃野菜，只要勤快，要多少有多少。这些东西杂乱，局促，却是构筑生活的血肉。

〔宋〕佚名《荔枝图》

除了西瓜吃不到，对于水果，老祖先基本想吃啥就有啥了：白桃、水鹅梨、金杏、李子、红菱、沙角儿、药木瓜、水木瓜、冰雪、荔枝、樱桃……这些都有大面积种植的集中地，仅用水果就能制成一场国宴。

〔南宋〕鲁宗贵《橘子葡萄石榴图》

宋徽宗赵佶《文会图》中皇帝与官员宴饮的场景

宋徽宗率众画家所作的《文会图》中，文人集会宴饮，华庭巨榻，肴果杂陈，杯盏交错，大家围坐，或谈笑，或斟饮，或捋须凝神，侍者往来，温酒备茶……

这景象是不是像极了《西游记》里那个被孙悟空捣乱的蟠桃会？

二十、宋朝的南方人吃什么主食？还吃些什么糕点小吃？

身闲身健是生涯，何况好年华。看了十分秋月，重阳更插黄花。

消磨景物，瓦盆社酿，石鼎山茶。饱吃红莲香饭，侬家
便是仙家。

——〔南宋〕范成大《朝中措》

宋朝饮食的精良来自于宋朝人对饮食的用心。

有闲工夫，健康，正当年，看满月，登山插黄花……样样皆好，加上秋来万物沉静，果实丰硕，虽说器物粗陋，但有茶酒、红莲香饭，及诸般满意之物，便是神仙，而万事足矣。

"红莲香饭"就是红莲饭，由红莲米蒸成。红莲米，常熟、苏州一带的特产稻，粒肥而香，脱粒后呈红色，称血糯或红莲糯。

在另一首诗里，他也提到"觉来饱吃红莲饭，正是塘东稻熟天"，又是"饱吃"——范成大还是个苏州少年时，大概他母亲没少做这种饭，好吃到孩子一吃就吃得肚儿圆。

米食主要以饭、粥、糕、团、粽的形式出现。

饭是那时南方人喜爱的主食，麦、米、高粱等都能制成饭——不像北方那样磨成粉，而是直接上锅蒸。除了白饭，可在饭里加入果蔬等辅料，如带桃肉的蟠桃饭、带菊花的金饭、带莲子和藕的玉井饭等。食材不尽相同，名字都很好听。

早晨，人们大多吃粥，"每日交五更……酒店多点灯烛沽卖……粥饭点心"。做粥初用大米、糯米、粳米，还能掺和别的，如豌豆大麦粥、小米粥、肝夹粉粥等。吃粥可以节约粮食，灾荒年政府

〔北宋〕张择端《清明上河图》中的饮食店

常常搭棚舍粥。

点心做法精致而种类繁多，也非常值得一尝。比如重阳糕、镜面糕、肉丝糕、豆儿糕、丰糖糕、乳糕、枣糕、栗糕、蜜糕……嘿，说饿了。

提起重阳糕，南宋的福建人王迈还记了一笔（《南歌子·谢送菊花糕》）：

> 家里逢重九，新篘（chōu）熟浊醪。弟兄乘兴共登高。右手茱杯、左手笑持螯。
>
> 官里逢重九，归心切大刀。美人痛饮读离骚。因感秋英、饷我菊花糕。

——在家时每到重阳节，都会滤了新酒，兄弟一起乘兴登山，带着酒和蟹。上班时逢重阳节，归家之意像刀一样心切，美人喝醉后读《离骚》，因为受到诗中感染，送给我菊花糕。

送了菊花糕，就多了一份家常的温暖，慰藉游子心。善良，贤惠，善解人意，有文化，这美人不错。

作者王迈直言强谏，曾被宋理宗骂为"狂生"。他处处替民众讲话，不怕得罪上司和同僚。看他的句子，似自画像："生为奇男子，先辨许国身"，"入被丞相嗔，出遭长官骂"……不圆不滑，亦竹亦石。诗如其人，其诗清朗俊伟，时泼辣时温柔，或忧国忧民，或摹景怀家，议论抒情皆真切动人。

有菊花糕，就有牡丹糕、芙蓉糕、桂花糕、梅花糕……似乎宋朝人将花朵统统试了一遍，看花，吃花，就像吃着春夏秋冬，流水一样的岁月。

宋式南方美食可不止糕点，还有豆团、麻团、糍团、澄粉水团、金橘水团、汤团，以及栗子粽、巧粽、角粽、锥粽、筒粽、九子粽等，荤素咸甜，什么食材的都包括，就看你想吃哪种了。

有种馅料多样、炊蒸而熟的面点，形状浑圆，色味双美，这就是如今中秋节我们还在吃的月饼。虽说相传杨贵妃为之冠名，但最早出现月饼的文字记载，在东坡诗《留别廉守》中：

> 编崔以苴猪，瑾涂以涂之。
> 小饼如嚼月，中有酥与饴。
> 悬知合浦人，长诵东坡诗。
> 好在真一酒，为我醉宗资。

——也就是说，从宋朝起，月饼才大批上市。人们望月而食，食饼如嚼月，里面有酥油和糖浆混合而成的馅料，又香又甜。

天下共一轮明月，也共一种食品，自此月饼多了层团圆的含义。月华如水，普照千里，其皎洁一如眼睛，其温柔正合仰望。无声对视，吃着月饼，会想家乡，想母亲或祖母……多么想见到！有多久没有见？也许很快就见到，也许再也不得见。

"嚼月"嚼的不是月，是情怀，是思念。

二十一、宋朝的馒头是指什么？对此南北方的差异有多大？

> 重重叠叠有来由，热汗通身未肯休。
> 直得变生为熟去，方知胡饼是馒头。
> ——〔南宋〕释广闻《蒸笼》

南北方都通行一句谚语：肉包子打狗——一去不回头。北方人区分馅料荤素时，才会在前面加上个"肉"字。

馒头的历史比包子久得多，但它们有同一个妈——饼。

早在东汉，《释名》里对饼就有专门的解释："饼，并也，溲麦使合并也。"意思是把小麦粉合并在一起。没有界定外形，面条也属于饼。前面我们提到过。

"馒头"这个词据传发明于三国时期。话说诸葛亮平定南中班师回朝，过泸水而不得，按照当地习俗，要用四十九个人头祭江。诸葛亮觉得这样做太残忍了，就用面粉和面，裹之以肉，顶替俘虏头颅，以祭祀神明。

不少古代传说有附会名人的成分，但"馒头"起源于祭祀还是比较可信的——馒音同"蛮"，头指"人头"。其实，这里就是指肉包子。

此时，包子开始固定形态，模仿人头的样子，做成球形。后来被改良成更易供桌摆放的半球形，五官则被简化成褶子和收口，以提高制作效率。

唐朝诗人王梵志曾写过一首诗，名叫《城外土馒头》：

> 城外土馒头，馅草在城里。
> 一人吃一个，莫嫌没滋味。

——瞧诗人的意思，是将城外修造的坟墓喻为馒头，而将人说成馅——看到没？他说有馅的是馒头，即北方人所说的包子。古人尚意，他分明感慨万千，却只到馒头便止。

最早在《东京梦华录》中，已经有了包子的影子。当时，汴梁街头有人售卖一种名叫"包儿"的小吃，皮半透明，里面有虾、肉和肉汤，与今天死面皮的灌汤小笼包已经非常相似。

据说宋仁宗出生后，他老爸宋真宗大喜，命"宫中出包子以赐臣下，其中皆金珠也"。这包子可够贵的——用面团包起金珠子，不知那些臣子咬开包子时，会不会惊喜到尖叫，有种现在开盲盒的感觉？

然而，这种称呼在南方还没有被取代——《梦粱录》里，"荤素从食店"有生馅馒头、糖肉馒头、羊肉馒头、太学馒头、蟹肉馒头、假肉馒头、笋丝馒头、裹蒸馒头，以及七宝酸馅、姜糖、辣馅糖馒头等等，种类让吃多见广的当代人也叹为观止。这"×馒头"就是那"包子"，是什么馅子就叫什么馒头。

至今，老底子杭州人眼里，这种软分分的面团统统都叫馒头：花卷馒头、肉馒头、菜馒头、洗沙馒头、咸菜馒头、山药馒头、生煎馒头……总之，馒头。你别想改别的。

袁枚写过一本《随园食单》，里面提到"千层馒头""小馒头"，在北方人眼里，这才是没有馅的真馒头，有的北方地区也叫它作"馍"或"馍馍"。杭州人现在还称之为"淡馒头""实心馒头"。

就这种真馒头而言，很多北方人吃不惯，认为南方馒头不劲道，一捏就扁了，吃起来不顶饿——北方的馒头个头大，外形滚圆或方正，捏上去实实在在，且口味很淡，原味居多，十分有嚼劲，配以菜蔬肉食，方为正儿八经的一顿饭。相反，许多南方人认为淡馒头就该软软、小小的，不做正餐，平常没事吃吃，当零食。

这与体质、性格、历史习惯乃至水土有关，一方水土养一方人，也没什么高下之分。

岳飞的孙子、文学家岳珂专门写过一首《馒头》：

几年太学饱诸儒，余伎犹传笋蕨厨。
公子彭生红缕肉，将军铁杖白莲肤。
芳馨政可资椒实，粗泽何妨比瓠壶。

老去齿牙辜大嚼，流涎聊合慰馋奴。

岳珂长大时，离孝宗为岳飞平反已隔了两朝，而许多后续未了。他写下相关著述三十卷，一生为未曾见过面的祖父辩诬。岳珂是文官，退休前官居正三品。其文才较之武将岳飞又如何呢？

他老来回忆：几年的太学生活，四书五经喂饱了我们这些儒生，我至今记得笋蕨的美味……那些好物都挺好，但大家老了以后，牙齿不行不能大嚼了，还能够流着口水解馋的，还属这朴实的馒头了。

他说的馒头很可能就是包子，馅料香软，又好吃又好咬。

铁打的馒头流水的菜，山珍海味容易餍足，只有馒头吃不厌。九九归一，它是根本。

关于馒头、包子，《水浒传》里的一节，孙二娘用麻药迷武松的时候，是这样写的：

那妇人嘻嘻地笑着入里面，托出一大桶酒来。放下三只大碗，三双箸，切出两盘肉来。一连筛了四五巡酒，去灶上取一笼馒头来，放在桌子上。两个公人拿起来便吃。武松取一个辦开看了，叫道："酒家，这馒头是人肉的？是狗肉的？"那妇人嘻嘻笑道："客官休要取笑。清平世界，荡荡乾坤，那（哪）里有人肉的馒头，狗肉的滋味？我家馒头，积祖是黄牛的。"武松道："我从来走江湖上，多听得人说道：'大树十字坡，客人谁敢那里过？肥的切做馒头馅，瘦的却把去填河。'"

北方人读得火大：短短半段，二百来字，"馒头""馒头"的，分明是肉包子——还是人肉的……人肉的！孙二娘真是不讲究。

二十二、宋朝的青精饭现在叫什么？这种饭真的那么神奇吗？

从来见说青精饭，晚遇真人隐诀中。

长恨闻名不相识，那知俚俗号乌桐。

——〔北宋〕谢薖（kē）《青精饭三首》（其一）

青精饭，诗人只听说过它的大名，晓得它多么多么好，没见过，直到遇到高人道长，听了有关秘诀，才知道它原来有个俗称"乌桐饭"。

乌桐饭与立夏这个节气紧紧捆绑。立夏之后，温度开始升高，炎暑将临。中国人重视立夏，这一天，临安人可是要准备十二种食物的："夏饼江鱼乌饭糕，酸梅蚕豆与樱桃。腊肉烧鹅咸鸭蛋，螺蛳苋菜酒酿糟。"

乌桐饭、乌饭糕、乌米饭，都是青精饭的民间称谓，食材是米饭和乌叶。老人们说，在立夏这天吃这东西不容易中暑，还能避免蚊虫叮咬。因此，又有民谣这样唱："立夏到，要吃乌米糕。吃了乌米糕，蚊虫不会叮和咬。"

谢薖，北宋江西诗派的重要诗人，与其兄以诗名重当时，拥趸者众。科举不第后，两兄弟即归隐山林，直至终老，从未结交权臣图谋富贵。本书中，我们已经见过几个这样的人。其实要想做到挺难的——靠名气攀龙附凤上青云的太多了。就像你掌握了流量密码，视频播放量条条过百万，却坚持不直播带货一样。

浙江、江苏和江西等地都有立夏吃青精饭的习俗。南宋时，泉州出了个文学家、美食家林洪，他有两篇传世佳作《山家清供》和《山家清事》，其中《山家清供》记录了很多古人的饮食，放在篇首的便是青精饭。

立夏其时，江南一带还流行烧野米饭，即在露天挖坑搭灶，大人孩子、泥巴砖头齐上阵，支锅造饭，相当于现在的野炊吧。是在农家田地里取材，米豆瓜菜，以不告而取为吉——其实就是偷，"立夏饭，不算偷"，这竟然也是个俗语。想必那时的农家一到立夏之前就会早早备好救心的药丸，伤不起呀。

鲁迅先生的《社戏》，虽说写的小伢儿不好好看戏、偷摘罗汉豆煮着吃，也有烧野米饭那味儿了。文章中说"罗汉豆正旺相"，刚好在立夏前后。

与青精饭相关的老习俗简直带有十足的孩子气。

的确，立夏这一天，最开心的一定是小孩子啦。对宋朝乡下的孩子们来说，这一天比过年还要快活，因为可以到田里摘新蚕豆吃，到竹园里去挖笋，到村边的果园里捋果子……还记得那时的辛弃疾写的那时的乡下吗？"茅檐低小，溪上青青草……"，里面大儿、中儿、小儿什么的，做着一些可爱的事情。就那样儿。

南宋的玄门宗师葛长庚写过一首《贺新郎·贺大卿生日》：

> 仙鹊梁银汉。见青原、白鹭一点，秋光犹嫩。青鸟密传
> 云外信，王母夜临香案。与河鼓、天孙为伴。太素真人乘此景，
> 到芝城、即嗣胡忠简。南极上，星璀璨。
>
> 松溪居士多词翰。是神仙风骨，元自无心仕宦。人道月
> 卿临总饷，便合机廷揆馆。还又爱、山林萧散。玉女金钟萦暖响，
> 指灵椿、仙鹤祈遐算。公自有，青精饭。

——词作元气淋漓，绮错澜翻，说神道仙，要想健康长寿，还是离

不开吃饭："公自有，青精饭。"

葛长庚自号白玉蟾，高道鸿儒，本就有在尘而出尘的意思，先时行迈靡靡，而后归隐无觅，正如神仙一般。

难怪宋朝人迷信青精饭，很久以前已经有了神化它的嫌疑。迄今发现杜甫送李白最早的一首诗中，就有"岂无青精饭，使我颜色好"的说法，没吃过多少好东西的杜甫都深信这一点。染饭的乌叶含有槲皮素，可辅助降压、降脂，对延缓细胞衰老、抗炎等有一定效果。古人不知道这些，可看得出食用乌米后脸白了，有精神了。古人尝百草，不知吃了多少亏，才试出那种树叶的好处，不吃就傻了。

乌叶来自乌稔树，乌稔树也叫乌饭树，应该是有了乌米饭后被改名——它就是为乌米饭而生的。

须等到端午节前的那几天，菜场才有乌叶卖。买来后，家中的祖母或母亲会把叶子一片片洗干净，使劲搓，尽量多地搓出汁液，或干脆用棒槌捶成泥，继而用纱布包着绞成汁。传统的做法是：将糯米泡在乌叶汁里面，至少半天，浸透了。

特别细致的，会用草袋盛米上锅蒸——草袋和青精饭真乃绝配。草是蒲草，长在水边，叶子细长，清香淡淡。宋朝时，已经有手巧的主妇盯上了这种东西，她们将蒲草一根根洗过，编麻花辫一样，一会儿就成形。多出这道工序，时间多花了些，但显然，米饭更好看也更好吃了。多出来的仪式感也莫名地叫人开心。

饭出锅后，闪着青蓝色的光，粒粒鼓胀，喷喷香。一般是甜口味的，以蒸为主，青精饭拌上白糖，再撒上些去年收下来晒干的桂花，就更香甜了。当然，也可以煮着吃，就像平时煮米饭一样的做法。还可以捏成乌米团，像青团一样。

春生夏长，田野绿肥红瘦，新豌豆、新蚕豆熟了，把豆子加进来，亮晶晶、碧莹莹的，不用放糖，豆肉香脆而略带清甜，也可算成甜口味的青精饭。有时放一点盐，就是咸口味的青精饭。

宋朝重视青精饭，是因为它的确为草木之精华，有利于身体，而内里也有一种祝福在，毕竟万事无如没病好。

二十三、宋朝的羹汤是怎么做的？平时常喝的有哪几种？

> 杖头挑得布囊行，活计有谁争。不肯侯家五鼎，碧涧一杯羹。
>
> 溪上月，岭头云，不劳耕。瓮中春色，枕上华胥，便是长生。
>
> ——〔南宋〕苏庠《诉衷情·渔父家风醉中赠韦道士》

别名"后湖病民"的苏庠却太懂养生——北宋亡后，高宗曾招，却而不去，隐逸以终，同时被招的朋友徐俯没忍住，欣然为官去也，直做到了副宰相。所以这句"不肯侯家五鼎"，苏庠说得有底气。杖挑布囊，活计从容，而清汤浊酒，酣然一梦，眠宿于溪月岭云间，与长生没什么两样。高洁自守，说消极又积极，似随缘又坚定，正是大隐本色。

羹汤逐渐成为宋朝人食单上的一员"大将"。

要看活的大宋，还得说是《水浒传》，真实记录了一些当年的生活习惯。比如，林冲的徒弟说自己"安排得好菜蔬，端整得好汁水"，这里的"汁水"就是羹汤。

喝羹呷汤，不仅为了口腹之欲，人们还开始意识到：此物能够用来养生。

上古的羹不用植物，一般指的是肉食，指带汁的肉，不过后来也渐渐包括了蔬菜羹。

羹汤在宋朝飞速成长，很多人已经离它不开，非要润润肚肠才算完美的一餐饭。

那时，东坡羹开始普及。做法是：将荠菜、白菜、白萝卜等揉洗数次，去其苦汁，下入菜汤，再加进去生米、少量生姜，以油碗覆盖，放进锅中，饭熟了，羹也好了。当然，如果物料不全，也就随意啦。

东坡羹不用鱼肉五味，有自然之甘，食材便宜，还省事，饭菜一锅熟，所以一出现就传开了，家家都做。

开头词中说"碧涧一杯羹"，其实就是碧涧羹，用芹菜、芝麻、茴香等烧成，淡而鲜美，清火养神。因颜色浅碧，像绿色的涧水，故有此名，听上去，山林气，文艺范儿，无不兼备。想来那隐士日日饮用如许仙气飘飘的妙品，大可临风去尘、不与俗同了。

随着对万物认识的深入，人也被纳进浩瀚的自然秩序，与草木共同成长，和日月一起运行，得到了来自大自然的更多馈赠，它们洁净而清香。由此，宋朝承上启下，引领中国的饮食文化开创了一个新世界。

这一时期，饮食业开始突破传统，遍布城乡，营业时间也打破常规，通宵服务。口袋殷实，日子从容，人们愿意花时间去研究营养和讲究式样。东坡羹和碧涧羹等新鲜做法的出现，其实正是这一心理的反映。

羹与汤其实不是一样东西，羹相对黏稠，经过了蒸煮，如鸭羹、鱼羹、肉羹、鹌子羹、鸡蛋羹等；汤则清亮许多，煮或调制而成，如鸡汤、参汤、米汤、清汤等。而宋朝的汤还包括饮料，即"饮子"，也叫"熟水"。

熟水不难做：将物料焙干，投入沸水中，煮泡出味便是了。紫苏饮、二陈汤、金橘团、鹿梨浆、木瓜汁、沉香水、豆儿水、卤梅水……药材、水果、香料、鲜花，不同的物料做出不同的熟水。

梁秆水，熟水里的"扫地僧"，看着不起眼，其实深藏不露。做法是：取稻秆心一束，洗净、晒干，在沸水里涮几次，一锅梁秆熟水便可新鲜出炉。用料简单，闻着有股稻香——类似于风吹稻香外婆家的体验，不由人不放松、愉快，很受大众欢迎。

李清照老病时，再没心情点茶赌书，词中有句："豆蔻连梢煎熟水，莫分茶。"豆蔻熟水，可帮助开胃消食，具备一定的保健作用，类似于广东凉茶了。如今有的凉茶铺还会先来一套中医的"望闻问切"再煮凉茶呢——这真的不是在看中医吗？

文化人似乎都比较信任熟水。六十四岁那一年，苏东坡来到真州（今江苏仪征）的东园，谁料患了腹泻，还挺厉害。不久前还同游金山的米芾听说了，不顾暑热，急忙带上对症的麦门冬饮子，奔往东园探望老友。

东坡午休醒来，看到米芾，不由"埋怨"："枕边的凉风你不吹，这么热的天还跑过来，真是的。"要知道，这位老弟有洁癖，每每饭前都要专门洗手十七八次的主儿，此刻尘满面汗如雨的，都和成泥了，这是要逼死强迫症的节奏啊！东坡亲自煎煮配料，并赋诗一首，《睡起闻米元章冒热到东园送麦门冬饮子》：

一枕清风直万钱，无人肯买北窗眠。

开心暖胃门冬饮，知是东坡手自煎。

看，苏东坡都舍不得将送饮料的来龙去脉写个小序，而是拟了这么长的一个题目，一口气讲了一件事，人物、时间、地点、事件、背景、发生过程，要素无一不备。搞得如此醒目，异乎寻常，可知大概他真的激动，很想让读者一目了然。

饮料可能不值钱，米芾的这份心意和他们的友谊难得。诗一定不是东坡的巅峰之作，但是动人。

瑶草收香，琪花采杂，冰轮碾处芳尘动。竹炉汤暖火初红，玉纤调罢歌声送。

麾去茶经，袭藏酒颂，一杯清味佳宾共。从来采药得长生，蓝桥休被琼浆弄。

张炎的这首《踏莎行·咏汤》把汤的美妙参得透透的：花草盛，香气共营养齐备，月亮照着，女子采个不停。炉火开始红彤彤的了，汤冒起热气，被纤纤玉手调制，被唱着歌慢慢煮就，而后这杯甜香温和被呈给宾客……这个过程就像看着一朵花开，说不出的美好动人。字句间颇具高爽之意。

这也是宋朝朝野上下迷恋羹汤的真实写照。

二十四、宋朝人怎么那么能喝酒？那时有白酒、葡萄酒、啤酒吗？

远近皆僧刹，西村八九家。

得鱼无卖处，沽酒入芦花。

——〔北宋〕王令《西村》

王令，苦孩子出身，五岁时父母双亡，与姐姐相依为命。他一生从未参加科举，只因需要用小肩膀养家。到后来，姐姐出嫁、离婚再嫁，都是他辛苦打工攒嫁妆，倒像个父亲。长期抑郁，贫病交加，王令二十八岁就去世了。

这样的一个人，他住在人烟稀少、所见多寺院的乡村，打点鱼都没有售卖的地方，无奈自己吃。于是，买点酒，带着鱼，划着小船隐入芦花深处了。

因为有这点酒，来了一点光，连苦日子都有点飘飘忽忽的小浪漫啦。文字有"一去二三里，烟村四五家"般的雅洁简素。

> 莫笑农家腊酒浑，丰年留客足鸡豚。
> 山重水复疑无路，柳暗花明又一村。
> 箫鼓追随春社近，衣冠简朴古风存。
> 从今若许闲乘月，拄杖无时夜叩门。

——这又是一首常常居住在乡村的诗人写的《游山西村》。前面我们提到过，这里我们只重点说说里面的酒。

村民陆游喝的是"浑酒"，就连守边将军范仲淹喝的也是浑浊的："浊酒一杯家万里，燕然未勒归无计"，绿纹纹的，浑浊不清。没错，那时的酒大多这种卖相，爱喝不喝。这也是没办法的事——宋朝的酒根本没有现代蒸馏法，所以没办法制成白酒。也就是说，宋朝人是喝不到白酒的。

宋朝主流的酒有粮食酒（米酒或黄酒）、果酒（葡萄酒等）。在这个基础上，还可以细分。这两大类酒什么都不一样，只有一样完全一样：酒精度一般只有十来度，最高高不过二十度。

所以说，《水浒传》里，武松在景阳冈打虎之前喝的酒，也就是黄酒或米酒之类。而黄酒和米酒有许多相似之处，

范仲淹像

所以，不少地区也称黄酒为米酒。

黄酒的原料有大米、小米，还有黑米和大豆等，无所不酿；米酒则只用大米。记得《白蛇传》里白蛇喝雄黄酒现形吗？黄酒更甜稠，味道更冲一点。

武松喝了十八碗酒，听起来很唬人，但如果是白酒，这么多碗早烧坏了肠胃，也打不了老虎了。所以，武松没有我们想象的酒量那么大，但也没有我们此刻认为的那么小——十八碗水，你喝喝试试？

而之所以他对店小二说"筛一碗酒来"，是因为黄酒或米酒是浑的，一些细碎的谷物和微生物漂浮在碗里，不筛不行——看着恶心，喝着也不痛快。还有，黄冈上，押送生辰纲的杨志他们，中了晁盖的圈套，买了酒，"坐在树荫下喝酒解渴"——能解渴的酒，度数也就那样。书里、电视剧里宋朝人那么能喝，其实酒量也就那样。当时特别能喝的人，跟现在特别能喝的人酒量应该差不多。

还是说《水浒传》里，那些一叫就是两角酒起步的英雄们，其两角酒的酒量，约合现在两升啤酒，烧烤店里常配的那种——两个大半扎的量。这样说起来，宋朝人比拼的不是酒量而是肚量啊，没有大的肚量，再有酒量也只能望洋兴叹。

既然那些文学大咖们说"浑酒""浊酒"，肯定有不浑浊的酒吧？不浑浊的贵啊，淡淡的琥珀色，"玉碗盛来琥珀光"嘛，唐人诗句里有这种，还是葡萄酒——"葡萄美酒夜光杯"。虽然我国葡萄种植的地区不算太多，尤其古代，都是种来尝鲜，没有专门酿酒的，但唐朝就有葡萄酒了，之后自然还有人在酿，并且随着人口的增多、需求的增大，葡萄酒的饮用更加普及了，平民百姓也能喝得起。

蒲萄斗酒自堪醉，何用苦博西凉州。

使我堆钱一百屋，醉倒春风更掉头。

91

〔北宋〕张择端《清明上河图》中的大型酒楼

——"辛派中坚"方岳的一首七言《记客语》，前面两句道出了自豪之感。说是客人所言，或为假托，他自己可能就是这么想的。

还有司马光的《送裴中舍赴太原幕府》（节选）：

> 山寒太行晓，水碧晋祠春。
> 斋酿蒲萄熟，飞觞不厌频。

——说的是在陕西一带，官厅新酿的葡萄酒熟了，送朋友到外地上任，不断地举杯，依依惜别。斋酿，官厅（即政府机关）酿的酒。这说明，那时葡萄酒的酿制已经形成很大的规模，酿酒有了国有企业。

要问这种葡萄酒和现在的葡萄酒有什么不一样的地方？没有半点相似。与当时流行的黄柑酒、梨酒、椰子酒、海棠酒、青梅酒、樱桃酒等一样，它就是一种果酒，葡萄加糖，不加酒曲，酿成原汁葡萄酒，很甜。

彼时所称的"白酒"，不过是因为酿酒时用的是白曲，成品酒的颜色是白的。

同理，"红酒"成品酒的颜色是红的——也只有颜色是红的，本质上为正宗的米酒。

对，老祖先就是这么直接："酒是什么颜色就叫什么酒，别给我唠你们二十一世纪的那些！没道理。"

宋朝人喝酒意趣多多，比如用诗、词、文章名句行酒令，或曲水流觞停杯为准作诗，比如关上窗户，一直喝到第二天的"不晓天"，还有在花架下举办"飞英会"——游戏中，花瓣落入酒杯的人须饮尽吟诗……都雅致得不似在人间。

至于说那时有没有啤酒？两个字：没有。

二十五、宋朝人喝茶有些什么习惯？都是什么人在喝？

风炉煮茶，霜刀剖瓜。暗香微透窗纱，是池中藕花。

高梳髻鸦，浓妆脸霞。玉尖弹动琵琶，问香醪饮么。

——〔北宋〕米芾《醉太平》

还记得那个遇石称"兄"、寸纸千金的大书画家米元章吗？给苏东坡暑天送药饮的朋友，除了喜欢写字，他也喜欢喝茶。喝茶，吃瓜，赏荷花……还有美人，妆容精致，边弹琵琶边漫不经心地问："想不想喝杯酒？"

这小日子过得，像在云彩上。

人生苦短，不享受享受，真枉来世上一遭。我们有时发狠这么说。也许宋朝人没有这么说，可是这么做的。他们变着法地逗自己玩——清风招客饮，皓月伴君茶。人人都是"客"，谁人不是"君"？俺们大宋朝的喝茶群体是全民。

人类借助于一种叶子，尝到了大地芬芳。

宋朝的点茶会上，进行茶道表演的人仪态优雅，举止得体，杂念止息，得心应手，被尊为"三昧手"。苏东坡就曾在《送南屏谦师》那首诗里说：

> 道人晓出南屏山，来试点茶三昧手。
>
> 忽惊午盏兔毛斑，打作春瓮鹅儿酒。
>
> 天台乳花世不见，玉川风腋今安有。
>
> 先生有意续茶经，会使老谦名不朽。

〔南宋〕刘松年《撵茶图》

那时，他第二次任职杭州，游西湖寿星寺，初临杭州即结识的好友——高僧谦师闻讯，特意从净慈寺赶去，点茶助兴。再次目睹了其炉火纯青的技艺后，苏东坡赞其"三昧手"，说他都有续写《茶经》的本事了。

宋徽宗像

想不到吧？宋徽宗就是"三昧手"。除了艺术，他最喜欢的似乎就是茶了——茶也是艺术嘛。为了品到最好的茶，他曾命令几万人上山采茶，对茶器的要求也很严格，钦定钧窑为官窑，只为皇家服务。这还不算，他居然亲自写了一本茶书——《大观茶论》，把有关茶的上上下下、左左右右谈了个透，至于种茶树、采茶、做茶饼、搞碎茶饼等，那些活儿具体怎么干，他都门儿清，简直立刻就能招工进厂，上岗计件领钱。

因为这本书，老百姓对他也恨不起来。为什么？老百姓都喜欢喝茶啊，喝茶轰轰烈烈普及开来，成了全民性的一个爱好。

> 寒夜客来茶当酒，竹炉汤沸火初红。
> 寻常一样窗前月，才有梅花便不同。

——好一个"才有梅花便不同"！诗作突出了梅，也捎带出了自己的生活。诗人杜耒的一生都像他这首诗的题目《寒夜》：从来都只是一介芝麻小官，后来又在战乱中死去，诗作冷门，诗史无视，却因有茶而心静，有知己而心安，屋外酷寒，窗前月摇梅影，暗香阵阵，似可随时摘一碟来下酒；而添炭取暖，闭门煮茶汤沸，不必说话，就这样待着也是好的……不觉释然，自己已经是很幸运、很幸福的人了呀。

寒夜与茶与梅是相契合的。茶与梅搭配，也有说不出的和谐。

茶是音乐，是图画，是诗歌。碾饼成粉，细纱过滤，接着，将茶末置于茶盏中，另在茶瓶里煮水，水沸腾后，持茶瓶注入茶盏冲点，搅拌、敲击、挑动、旋转，打出泡沫，而后分茶，用茶匙在泡沫上画画写字。泡沫洁白如雪，图案在须臾散灭间，让人产生"人间好物不坚牢，彩云易散琉璃碎"之叹。

如今，去开封的宋都一条街、杭州的河坊街，还可以看到这样的"宋式点茶"，夜幕低垂，灯火阑珊，茶的今与古在同一个时空里交错，观者不觉恍惚。宋朝打扮的姑娘秉持的依然是缓慢的节奏，一场点茶下来，其婉约程度让人看得赏心悦目。

这种情形在北宋已颇见气象，南宋时成了普遍现象。或许受父亲徽宗的影响，高宗对茶也很有感觉，南逃途中，曾落脚台州清修寺，作茶诗《赠僧守璋》：

古寺春山青更妍，长松修竹翠含烟。

汲泉拟欲增茶兴，暂就僧房借榻眠。

看古寺风景优美，植被葱茏，他雅兴勃勃，命人取泉水煮茶，并打算暂借僧房卧榻，睡一小觉。诗句朴素，俯仰之间颇有隐士风。

官家的个人偏好引领了风尚，南宋茶坊密布，人们天天泡在那里，也不腻烦。到底为什么能一待就是一天呢？因为好玩啊，还分那么多种类，想玩什么都可以按图索骥：

1. 大茶坊。"插四时花，挂名人画，装点店面。四时卖奇茶异汤，冬月添卖七宝擂茶、馓子、葱茶，或卖盐豉汤，暑天添卖雪泡梅花酒，或缩脾饮暑药之属。"

〔宋〕无名氏《斗浆图》

2.人情茶坊。与专业劳务市场相类似，包打听，卖信息。

3.花茶坊。集妓院、茶馆为一体，消费娱乐两不误。

4.游戏类茶坊。有专供人观赏的节目，如蹴鞠等。你想学的话，店小二还可以教你踢。

…………

几乎无所不包。

大多数茶坊还是功能简单的，与正常生活更亲近，连年轻人都喜欢这样的调调：喝一个大碗茶，配一个桂花糕，简直好得不要不要的。人们经一盏茶而聚，讲着本土方言，悠悠地品茶聊天，平凡却幸福——

天地间百般诱惑，有人却只想好好地喝喝茶。

花、画、香、茶……不是宋朝人的创造，却由他们赋予了雅的品质——精神与物质最大程度的结合，促就了诸般妙趣，茶里融汇的，是宋朝人乃至中国人的生活美学和生命态度。中国人几乎为这世间万物都另取了雅称，其意象承载的都是乐观美好的情感。比如二十四节气的叫法、十二个月的小名，比如称天空为碧落、大地为坤灵，尊父为椿庭、母为萱堂，呼雪为寒酥、雨为灵泽，谓日为扶光、月为望舒，而茄子叫落苏，狼尾蒿叫飞蓬，荷花全开是芙蕖，半开是菡萏（dàn）。而有些事物被看成朋友：茶字"不夜侯"、酒号"忘忧君"……还有比中国人更浪漫的民族吗？

有副古联，摘自宋朝诗人赵磻（bō）老的一首词，说酒说茶："世上渊明酒，人间陆羽茶。"陶渊明、陆羽，皆人中之龙，他们分别与酒、茶有着至深的因缘，而赵磻老也是解人，不赞一字，对陶、陆二贤，对酒与茶的推崇都尽在不言中了。

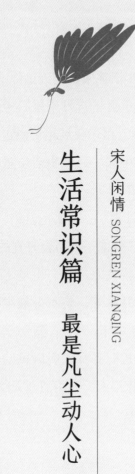

宋人闲情
SONGREN XIANQING

生活常识篇　最是凡尘动人心

除去不可抗力因素，生活在宋朝应该是件幸福的事。

两宋始于打打杀杀，也终于打打杀杀，中间那些日子在某种意义上来说，算是岁月静好了吧。由于政局相对稳定，当权者也不怎么折腾，经济迅猛发展，文化得以中兴，百姓生活质量得到了保证……他们不奢望别的，就盼个国泰民安。

要说它南宋之后"软骨头"，其实也没错——不同角度看问题，一定是"横看成岭侧成峰"。就像一个不合时宜的人，是领先还是落伍，没有标准答案。然而，其科技之进步、市场之活跃、手工业之崛起，尤其政治之开明、精神之开放等，是不许被视若无睹的。你至少在宋朝才看全了四大发明。

在本书的这一章里，我们看看宋朝居民的日常生活，比较一下与今天有什么不同，哪些一脉相承，哪些消逝无踪。

二十六、宋朝居民有身份证和户口本吗？当时怎样进行户籍管理？

> 落落衣冠八尺雄，鱼符新赐大河东。
>
> 穰苴兵法申司马，曹植诗原出国风。
>
> 拈笔古心生篆刻，引觞侠气上云空。
>
> 石渠病客君应笑，手校黄书两鬓蓬。
>
> ——〔北宋〕秦观《赠刘使君景文》

大宋官员调动频繁，于是我们常常看到那些朋友送朋友的诗。

在这里，诗人祝福朋友。他说，朋友你配持皇帝新赐的鱼符，骏马任骑，宏图大展，我却只拿着黄旧的老书，卧居病榻，两鬓蓬乱。

他明示区别：没有什么比新赐的鱼符更能代表步步高升的徽征了，也没有比迂腐的老书更能体现内心颓唐、更能与前者相呼应的物件了。只能说，在选取诗歌意象上，秦少游你牛。

秦观像

他是婉约词宗，东坡最得意的弟子，又受王安石推崇，其才超拔，以至遭人嫉，屡仕被阻。到后来，为东坡、子由两兄弟所累，多次遭贬，直到徽宗继位才得以复职，没来得及回到汴梁便匆匆离世。这算不算雄才命运多舛又一例？

宋祁写《哭郭仲微三首》（其二），纪念朋友：

> 我作鱼符守，君司凤诏文。
>
> 他时谈笑罢，今日死生分。
>
> 怨涕翻荥浪，悲魂引郑云。
>
> 山阳怀旧笛，肠断不堪闻。

——鱼符，诏书；他时，今日；生，死。很配，很震撼。我们同朝为官，以前一起谈笑的时光过去了，今天阴阳两隔……

宋祁到底是那个一鸣惊人的"红杏尚书"，出手即带着凛凛之气，气象逼人。

那年头有"身份证"，确实是"有身份的人"，"身份证"即官员证，镌有姓名的，卸任后要交出来，作废中止；未刻姓名的，传给继任者，继续使用。

北宋诗人黄裳写过一首七言绝句《徐通直守连州》：

> 得官荣与故乡看，初佩鱼符日下还。
>
> 内相远孙真太守，海南佳郡是连山。

——前两句说的正是鱼符的官员证作用：做了官，这荣耀要让故乡看到，所以，佩戴上鱼符，即日还乡了。

可是，鱼符上没有出生日期和性别，没有照片，有的连姓名都没有，怎么知道谁是张三、李四？今天你可以当张三，明天就可以当李四！你回家借此夸夸荣耀在情理中，假如混进后宫，或到民间去骗财骗色……不敢想，好可怕。

不怕，有防伪办法：

一是设置身份证的"防伪标记"。古代身份证的防伪标记没多复杂——唐高宗李治在位时，给鱼符配了对应等级的袋子，袋子是用来装符的，皇帝召见时，你有符还得有袋子。

二是制作不同质地的身份证。即对不同级别的人，制作鱼符的材料各不相同。

中宗之后，隔了一个承袭旧制的睿宗，到武则天篡唐，被坚决改掉了——作为鱼符、鱼袋象征符号的鱼，没了。

为什么？心虚呗，见不得鱼。因为符号是鲤鱼，而大唐江山本姓李。"烦死了，改！"于是，大家伙儿上朝下朝戴的都是金龟了，鲤鱼变王八。贺知章见了李白，高兴请他喝酒，一摸身上没带钱，解下"配饰"去换酒。那东西就是这种改换了门庭的证件——金龟。

金龟是有的，金龟换酒这件事也是有的。有诗句为证："金龟换酒处，却忆泪沾巾。"贺知章去世后，李白洒泪而作，纪念这位对自己有知遇之恩的师友。

与鲤鱼沾边的词总带着那么一种吉祥如意的美感。显然大家还是有这个直觉上的敏感的，龟符早恢复成了鱼符。有意思的是，宋朝官员的身份证竟然只用当年的"防伪标记"来识别，即只用鱼袋，而把身份证——鱼符废弃了。有点像买椟还珠，傻傻的。哎，你别说，还真有点好处：装点什么东西挺好，比如炊饼、酥饼之类。寒冬腊月天灰蒙蒙的，可以一直在被窝里赖到最后一刻再出门，路上买了早点放袋中，摸出来吃了就上朝，方便。

相对于等级身份证，宋朝的职业身份证更简单。职业身份证更像而今的工作证或名片，是根据从事职业的不同来制定的，很多行业都有，除了度牒，绝大部分可以自行制作。

虽然还没有发明户口本，但大体多少人口、人员流动情况等，朝廷仍尽在掌握。不然，要户部这个部门干什么呢？收赋税的依据又是什么？户部的职能相当于如今的民政部和财政部，职权范围很可观，普查普查人口还是小菜一碟的。

二十七、宋朝所说的度牒是什么？度牒都有些什么奇奇怪怪的功能？

> 有个头陀修苦行，头上头发毵毵。身披一副醦裙衫。紧缠双脚，苦苦要游南。
>
> 闻说度牒朝夕到，并除颔下髭髯。钵中无粥住无庵。摩登伽处，只恐却重参。
>
> ——〔北宋〕邹浩《临江仙》

度牒？度牒是啥？能吃吗？……

因为用词稍显冷僻，我们和度牒好像隔着一层什么，不像对其他的事物了解那么多。

邹浩曾两次上疏弹劾蔡京弄权，一次弹劾高俅，就冲这个，也能知道他是怎样的为人——意志坚定，为正义，万难而不辞。其笔下头陀似一套简笔小动画：乱发脏衣，脚打绑带，苦行南游，听说度牒马上送到，立刻剃掉胡须，衣食无着，无处安身，都认了，面对女色，怕是要重新悟道啦。

说起来，度牒本是"度僧牒"的简称，是僧人的出家资格证，上面记载的，是僧人的原籍、俗名、年龄、隶属的寺院、师傅名字、师承关系等信息。

如果你中途还俗了，对不起，上缴。死了也要上缴，由师父或师兄弟代为上缴。

想想也是，得有个证明材料——你说你是和尚就是和尚啊，不能把剃光头发的都算和尚，所以，宋朝想出来这个办法，只有有度牒的才是官方认证的真僧。哦，忘了说，受戒以后的女僧人——尼姑，也有度牒，享受同等待遇。

唐朝之后法令规定：僧人无需缴纳税款。所以度牒就成了免交苛捐杂税的凭证，甚至背负人命的杀人犯，只要逃到寺庙，成功落发，一本度牒在手，即可逍遥法外。落发为僧代表已经斩断与红尘的牵绊，原来的那个凡人已经不在了——等于二次投胎，涅槃重生，当事者可谓度牒一揣、六亲不认，什么事也找不上他，很爽。

还记得武松吗？他杀了蒋门神，无奈去二龙山落草，江湖女侠孙二娘给他出了个主意：出家！并亲自为他改了装扮：剪刘海遮住金印，箍戒箍，穿直裰，挂佛珠，佩戒刀，揣上一本度牒……成了带发修行的头陀一枚，图的就是可以脱罪——从那天起，江湖上少了一个武松，多了一个行者。

鲁智深也一样——当鲁达替换成鲁智深，恶霸和宵小更怕他了。为什么？打死人不偿命。

当然，武松跟人家鲁智深比起来，其实是"黑户"——他那度牒真是真，可是怎么来的？非法获取：孙二娘杀死过一个头陀，即行脚僧，这种僧人游离在寺庙编制以外，管理起来，比常驻的还要困难，恰好武松和这人长得像，那时又没有照片，只是画影图形，降低了冒名顶替的难度。

有时，度牒还另有妙用：唐朝玄奘法师去印度取经，长路漫漫，辛苦走过许多国家，无不对他毕恭毕敬，凭的是什么？一道通关文牒——度牒中的一种。简直无异于外交护照了。如果没有这东西，就算在神神乎乎的《西游记》里，唐僧也根本到不了西天。

综上所述，僧人持有度牒，获益多多。如若穿越到宋朝，建议出个家：世界那么大，你想去看看，只带上个钵盂就行了，可以在全国各地的寺庵挂单，食宿免费，可以免除税收，还能逃避追捕……天老大你老二，真正得大自在。

宋朝臣子李昂英《看僧披剃》，厌了俗务：

> 尔教言无相，谁教蜕发毛。
> 虚名犹度牒，多事更方袍。
> 父认师传的，年推戒腊高。
> 冠巾何不可，只要断尘劳。

诗人仕途坎坷，曾因反对佞臣专权而被"打包"一起贬谪，简直滑稽。他揣着一肚子窝囊气，冷眼观世，嘲咻僧人：你们佛教说"无相"，那又何必在乎毛发，一定要剃发呢？使用度牒，涉于虚名；更换方袍，实属多事。这都是着相之举……度牒、方袍是出家人的标配，和如今老人出门"伸（身份证）手（手机）要（钥匙）钱"一样，须臾不可离。

那段时间，皇帝们特别喜欢将度牒赐给功臣、发给边关将士。度牒相当于空白支票，谁拿谁高兴。如果你是一员武将，你要赶紧立功，立大功，因为只要皇帝一开心，就会赐你度牒。当然，如果财大气粗，你也可以直接向政府购买。北宋末期，基本上各个皇帝都对度牒进行了明码标价，在市场上进行售卖——神宗时期，还是每道一百三十贯，哲宗时每道一百七十贯，徽宗时每道二百二十贯，孝宗时每道七百贯，到宁宗执政时……好家伙，已经涨到了每道一千二百贯！如若开始时囤货居奇，那可真是赚翻了。跟如今早买、多买房子一样。

宋神宗曾赐五百道度牒，作为筑城兵丁的工钱。宋哲宗在位时，苏东坡当杭州市长，适逢大旱，他忙不迭地赈济灾民，设棚施粥，就是用度牒换的大米。宋徽宗建景灵西宫，经费还是来自出售度牒、紫衣牒得来的财富……后来，朝廷也以此赏赐平民。较之金钱，度牒更有价值、更稀缺，也更受欢迎。

有个才子名叫杨琰，十几岁时就能写词赋，长大后去了岳飞之后的"南宋战神"孟珙手下作幕僚，后来逐渐成长为一名建筑设计师。

杨琰历神宗、哲宗两朝，先后主持修建开宝寺塔、黄河堤坝和金明池龙舟，这些都是大型的民生工程。

工程干得不错，神宗一开心肯定是要赏的，可又舍不得真金白银，便大手一挥，赐给杨琰三十道度牒——在这里，度牒兼有了奖章的作用。

自此算是开了头，杨琰后来又分别得赐度牒五十道、十五道，总收入过万贯。最后一次，终于让监察御史蔡蹈眼红啦，他气冲冲上书哲宗，说，杨琰造龙舟乃职责所在，您一下子就赏赐十五道，等于发了五千贯的奖金，太多了！我不服！杨琰则心想，服不服的，在皇帝眼里老子创造的价值就值这么多道度牒。你行你也干。

在北宋，一贯钱足够一户人家吃顿酒席了。你说度牒值不值钱？当然，就这件事而言，也有点拍拍脑袋就决策的轻率。

到了南宋，宋高宗也懂这东西好用，曾赐给张浚一万道度牒，作为军饷，可惜，君臣二人都是"嘴炮派"——嘴上叫着"北伐"，脚底下却像抹了油往南溜，那些度牒都白瞎了。

度牒真是一张神奇的卡。有了它，就如同进了一个店，你是店里的 VIP 客户，有着种种的特殊待遇，服务人员还做小伏低买你的好。这卡真香！

这么好的东西，国家自然不可能随便发放，想得到祠部颁发的度牒需要通过考试：必须具备精读大量经书的水平，否则就是私自出家的"私度"，是不被允许的，要受到严厉惩罚。同时，也对赏赐对象和赏赐缘由进行了严格限定。

即便如此，还是有人铤而走险，或依靠手中的权力，或利用一点小聪明，去作假，或偷盗度牒，巧取豪夺，无所不用其极。利益足够吸引人时，这种事不可能不出现。

可就算某些东西看上去好得不能再好，还是会有视之如敝屣的人。或许每个时期这样的人都不算多，加起来就多了。篇幅所限，不再列举。

二十八、宋朝的房价贵吗？其代表性的豪宅有多豪？

> 东南形胜，三吴都会，钱塘自古繁华。烟柳画桥，风帘翠幕，参差十万人家。云树绕堤沙，怒涛卷霜雪，天堑无涯。市列珠玑，户盈罗绮，竞豪奢。
>
> 重湖叠巘清嘉，有三秋桂子，十里荷花。羌管弄晴，菱歌泛夜，嬉嬉钓叟莲娃。千骑拥高牙，乘醉听箫鼓，吟赏烟霞。异日图将好景，归去凤池夸。
>
> ——〔北宋〕柳永《望海潮》

"参差十万人家"？柳三变先生还是格局小了，至少几十万，多则上百万。当时的钱塘，在中国是大城市，在国际上也是大城市，数一数二。而中国十万户以上的城市，当时已经有四十多座。柳永，北宋第一个专业作词的作家，长调（慢词）的倡导者，平生致力描写诗酒生活与城市风光。纵然万水千山踏遍，他还是被钱塘这座国际大都市的美丽和富庶所吸引。

大城市发展了，草市（小城镇）也不甘落后。经过滚雪球一样的累积，到神宗朝，总人口已突破 1.62 亿——历史上首次人口过亿。这是一千多年前的中国啊，鼎盛时期的汉唐两代加在一起，也不过是 1.4 亿。

在这之前，商人地位一直处于末等，都不能参加科举考试，比农民还不如。而宋朝开支持经商的先河，鼓励有学问却没田地的人从事商业活动，给予政策倾斜。这样一来，除了官员、学生等，商人也大量涌入城市。

宋朝诗僧多。浙人释智愚《颂古一百首》里，有一首写这种现象：

> 短裤长衫白苎巾，咿咿月下急推轮。
>
> 洛阳路上相逢着，尽是经商买卖人。

城市化，商业繁荣，都促使了人口猛涨。太多有能力的奋斗者，需要太多的房子。僧多粥少，供需失衡，一块叫"房地产"的肥肉诞生了。

房价与日俱增，"重城之中，双阙之下，尺地寸土，与金同价"，"百官无屋住，宰相亦赁屋"成了稀松平常的事情。

从《清明上河图》上可以得见：宋朝汴梁城外的农村，人们的居住条件比较差，有少数的瓦房、大面积的茅草屋。

朝里走，城外环以青砖瓦房为主。由于离市中心近了，生活水平有所提高，所以干街两边多青砖瓦房，几处茅草屋穿插中间。

从农村到郊区，最后抵达城中心，便看到了数不清的房屋建筑。多数为青砖瓦房，二三层的小木楼有之，二三层的独栋别墅有之……极少数茅草屋，还有更少的、带回廊、围墙、光芒内敛的四合院，以及"鹤立鸡群"的私家园林。

比如西湖边上享乐的贾似道，属于典型的特权阶级，住宅之大，

〔宋〕佚名《松阴庭院图》

房屋之多，高低勾连，铺天盖地，简直坐拥了一座山。这可是宋朝最具代表性的豪宅之一了。

此宅有说原为宋高宗旧宅赐给他的，有说本是道家宫观他夺来的，版本不一，反正最后归此君所有了。这还不算，他继续扩大面积，囊括进水竹园、水乐洞等绝美地段，依湖山之胜，在葛岭建造大量房屋，贮藏美色——无论娼妓尼姑，甚至皇宫里的宫女，只要好看的，他都想方设法搞到手，环肥燕瘦，蔚为大观。这样一来，需要的住处可就多了。想想吧，最后他倒台被抓时，这些人等还剩几十位呢，得住着多少座房子？

光亭台楼阁不算豪，主要是细节考究，主花园分春景、夏景、秋景、冬景观赏区，其间古木寿藤、流水桥榭……无不极尽精妙。此外，还辟建湖泊、戏台、寺院、藏书楼……照壁清雅，挑檐飞扬，功能各异而和谐自然，都属于豪宅的一部分，算是一个袖珍的大宋江山。

除了收集美女，贾似道还收集珍宝，为此专造了一座多宝阁，他每日登阁一遍，肆意把玩。那些珍宝又不知可以买多少座豪宅。

这个人玩蟋蟀很有名，曾亲自捉笔，写过一部《蟋蟀经》——他有闲心写那种书，能将百姓挂在心上那就见鬼啦。

脑补一下贾家的互动日常：姬妾外围，连上仆役丫鬟、厨师公务员什么的，上上下下几百口子，家人们之间都是通过微信摇一摇认识的，见了面一聊才发现："哦，原来您是东院的呀？早点回您家歇着吧，天就要黑了，还要爬一个山头，路上小心啊！"

好嘛，这贾氏庄园，整个一张大嘴啊，上接着天，下连着地，都不要脸了。

贾似道将其命名为"后乐园"。哈，"先天下之忧而忧，后天下之乐而乐"，他可真敢给自己整词儿啊，简直是绝妙的讽刺。人不能既要、又要、还要——有权、有钱、有豪宅、有肉山酒海、有劣迹……还想要好名声，说出来这三个字时你自己信吗？

关于他曾经立下的战功，与历任皇帝的关系，迫害忠良的罪恶，霸占良田、房屋的贪婪，民众为此的流离失所，以及传说侍妾李慧娘的一句无心之赞引出的一桩血案……真真假假，功过是非，漫漶而清晰。如今他的那些房屋历经风霜无数，几乎尽颓，剩下一点影子，似在以身为一小块儿历史做着实证。

不同的古籍中，有些微妙的拉扯、相互的映照，让历史的脸慢慢完整起来，慢慢有了温度。

就算如此，也许只有曾真正身处其间的人才冷暖自知。

二十九、宋朝租房的人多吗？租房有哪些优惠政策？

夕云若颓山，夜雨如决渠。

俄然见青天，焰焰升蟾蜍。

倏忽阴气生，四面如吹嘘。

狂雷走昏黑，惊电照夔魖（xū）。

搜寻起龙蛰，下击墓与墟。

雷声每轩轰，雨势随疾徐。

初若浩莫止，俄收阒（qù）无余。

但挂千丈虹，紫翠横空虚。

顷刻百变态，晦明谁卷舒。

岂知下土人，水潦没襟裾。

扰扰泥淖中，无异鸭与猪。

嗟我来京师，庇身无弊庐。

闲坊僦古屋，卑陋杂里闾。

邻注涌沟窦，街流溢庭除。

出门愁浩渺，闭户恐为潴。

墙壁豁四达，幸家无贮储。

虾蟆鸣灶下，老妇但欷歔。

九门绝来薪，朝爨（cuàn）欲毁车。

压溺委性命，焉能顾图书。

乃知生尧时，未免忧为鱼。

欧阳修像

梅子犹念我，寄声忧我居。

慰我以新篇，琅琅比琼琚。

官闲行能薄，补益愧空疏。

岁月行晚矣，江湖盍归欤。

吾居传邮尔，此计岂踌躇。

——〔北宋〕欧阳修《答梅圣俞大雨见寄》

这可是历史上大名鼎鼎的欧阳修啊，历史课本、语文课本上多次出现的欧阳修，住处居然这般不堪。

他与梅尧臣是一生的挚友，相识的二十九年间，来往的书信都能编成集子了，收在《欧阳修文集》里。书信中，他称梅为"圣俞二哥"。真接地气，念来有种奇异的美好。

大概一下大雨，二哥就关切问候并写诗邮寄了，欧阳修回诗答复：我没有哪怕一间赖以存身的小破房，所以，在汴梁里仁巷住公租房，房子破得啊，环境差得啊……都没法提了。还说幸好自己没啥家当，连书都没地方放。

写此诗时，欧阳修应该刚去京城任职。为官十七年后，才拥有了自己在京的首套房。

你说宋朝租房的人多不多？

据记载，太祖朝，名将刘文超，一生租房；仁宗朝，名臣范仲淹，在做京官之前，一直租房；度宗朝，诗人方岳，在邵武住破烂的公租房，一住三年……辅佐三朝、为相十年的韩琦曾忧伤吐槽："自来政府臣僚，在京僦官私舍宇居者，比比皆是。"没房子的官员太多了，"京师寓居，僧舍赁寄，邸店盈满，所在不可胜数"，寺院客栈，全都满员，有借的有租的，逮哪儿住哪儿，什么环境设施啊，通勤距离啊，学不学区啊，他们啥都不挑。

算一笔账吧：宋朝的普通公职人员不吃不喝约二百六十年，才能在汴梁买个不大不小的房。

一般情况下，租房有两种选择，民租房和公租房。

先说民租房。当时城镇中，居民分主户、客户，主户为房东，客户指房客。客户很多是青年人，他们能力与雄心同在，打算干出一番事业，光宗耀祖。这种租住，在当时自发形成了新的行业，叫"庄宅行"。

房东为政府，便是公租房。管理公租房的单位叫"楼店务"，后改称"店宅务"。店宅务有经营权，主要负责三件事：公房租赁、管理与维修。

《宋会要辑稿》是个宝啊，里面收录有许多翔实的资料。比如，宋真宗天禧元年（1017）与宋仁宗天圣三年（1025），汴梁店宅务的出租屋间数，以及租金收入总数。当代人可以根据这珍贵的几行字，计算出汴梁的租房租金：平均每间房年租金约六贯，月租金为五百文钱。虽然朝代不同，物价有所变化，但我们大致可知，北宋初期社会比较祥和的时候，一石米需要六七百文钱，六七百文相当于现在的七百多块人民币，而一石米约等于现在的一百多斤米。这样算来，宋朝（尤其是北宋）米价不算高，与之相比，房租可不低，一个月的租房钱够买快一百斤大米了，一个人使劲吃，胡吃海塞也绰绰有余。

有了租金的数据，那么百姓们的收入水平又是怎样的呢？

"民间出雇夫钱，不论远近，一例只出二百三十文省……"这句话出自苏辙《论雇河夫不便札子》，即宋哲宗元祐年间，汴梁雇佣夫役的劳动力价格为每人每天二百三十文，而北宋中期的东南地区"丁男日佣，不过四五十文"。当时一个人的日均最低生活消费大约需要二十文左右。

也就是说，宋朝城市居民每天收入约在四五十到三百文钱之间，换算一下，月收入大约一贯半到九贯钱。每天花的钱跟月租金相比……

还真不多。当然，也得看不同地区中位数收入水平，也要看不同时期。

见解如水，变动不居——西北与东南、北宋与南宋等情况都不尽相同，时空再细化的话，差异更大。人和人也不一样，对贵与便宜的看法也大有不同。

比如，宁宗朝的大理寺卿（相当于现在的最高人民法院院长）张卿，人家也租房，一天一贯，可是很知足：

> 小小园林矮矮屋，一日房钱一贯足。
>
> 官至正郎子读书，一妻一妾常和睦。

——哦，也许知足的原因重点在"一妻一妾常和睦"，房钱还在其次。

宋朝租房可以享受不少优惠政策：

1.房租从签约生效的第六日起算，前五日免租金，给住户搬家的时间。

2.店宅务不得随意增加房租。

3.经常减免房租。

第三条基本由朝廷组织实施。宋真宗、宋仁宗等都干过这事，意图为民减轻负担。

值得一提的是，宋朝拆迁房屋，一样要给补偿款。

话说北宋时作为都城的汴梁面积很小，仁宗接班后，想通过拆迁来扩充首都面积，便派代表去和居民商议，但居民死活不同意，没办法，只能再次放弃。对权力的节制，一直是仁宗最好的德行之一。

到神宗朝，此事再提，经过面对面的协商，一百三十户居民同意拆迁。此次拆迁还签署了我国历史上第一份拆迁补偿协议，平均每户可拿到一百七十贯钱的拆迁补偿，相当于一个基层打工人五六年的收入。

不动产真是投资（机）界永远的神。

三十、宋朝的交通工具有哪些？宋朝"驴友"知多少？

> 暖轿行春底见春，遮拦春色不教亲。
>
> 急呼青伞小凉轿，又被春光著莫人。
>
> ——〔南宋〕杨万里《三月三日上忠襄坟，因之行散，得十绝句》

看看人家杨万里，坐个轿都要暖轿换凉轿，嫌暖轿幔帐严严实实的，遮住春色了；好不容易换了凉轿，四壁空空没什么遮挡了，又说春光太满看不过来，好恼火哟——哈哈真够"凡尔赛"（形容通过表达不满向外界不经意展示自己的优越感）的啦。

在这里，我们看到，暖轿有厚厚的幔帐，而凉轿没有幔帐，还加上了遮阳的青伞。

说实话，宋朝的出行条件真不怎么样，交通工具少，无非马驴船。哦，还有车和轿，车是马、牛、驴或人拉的，轿是人抬的。非但宋朝，但凡古人出趟远门，都要送别复踏歌，十八里又十八里，就是因为出门难，也许这辈子都见不到了。

没有条件，创造条件也要上！不同的乘坐工具有不同的结构、设施、用途，以及不同的乘坐体验，因此，宋朝人民把有限的几种类型又细分小类。比如"轿"

〔北宋〕张择端《清明上河图》中的
双抬亭式肩舆

这个词条下面，另有凉轿、暖轿、藤轿、山轿、梯轿、鼠尾轿等。名字都很形象，如鼠尾轿为"轿之极小者"，鼠尾样纤细。王安石罢相后，陈秀公前来拜见，就是乘坐鼠尾轿到江边迎接他的——"以二人肩鼠尾轿，迎于江上"。皇帝及王室人员则多乘辇、舆，似轿非轿，讲究排场，打死也不会坐鼠尾轿。

外出中间也可以换乘，就像如今的机场和酒店接驳一样。像杨万里诗里呈现的，一会儿工夫，就换乘了两顶轿啦。

客观地说，宋朝阶层意识没那么强，否则不可能许多诗人都是朋友。唐朝时，朝廷对乘马人有规定，"商贾、庶人、僧、道士不乘马"，在宋各朝，这条规定已经归到"神经病"里了："你才商贾、庶人、僧、道士呢，你全家都是！你一辈子别乘马！"谁爱乘啥就乘啥，宋朝没人操这个闲心。

要说车，那可多了，进贤车、明远车、白鹭车、耕根车、崇德车……足有四五十种，你想坐多大的车都有——"房车"都有，不就是一个木制框架像间房子的车嘛，只要够大，坐墩、案几、被褥等都可以带上，车里的人或坐或躺，悉听尊便。喜欢享受的，冬天把小手炉、小茶炉也带进去，边饮茶边透过窗幔赏雪……这次第，人间值得啊。

车可以利用畜力，坐着最舒服，因此最受欢迎，也最普遍。对宋朝祖先在享受生活方面的"双商"（智商和情商），你不服不行。

当然，还要根据当地优势，有啥用啥。比如，你西北有骆驼，那就骑骆驼，你西南有大象，那

〔宋〕佚名《盘车图》（局部）

117

就骑大象——还有，坐它们拉的车。动物们都很聪明，训巴训巴，就乖乖做了人的坐骑。

出道题吧——看个闲书还要做题，别嫌累。

下列对宋朝北方一位乡下百姓衣食住行的说法，错误的是：

A. 身着黑色小袖狭身短衣在田间劳作

B. 主食以馒头、包子等面食为主

C. 坐飞鸿车带全家去走亲戚

D. 住宅是茅草屋或瓦房

正确答案：C（那是皇帝乘坐的）。

另外，我们在电视里看到他们俊驾华车的威风模样，可那大都是影视效果。事实上，在宋朝，马匹的数量一直是个大问题，光军用就远远不足，民间就更难得使用了。

有位佚名诗人，一口气写了四首《和别驾萧世范赠玉岩诗》，鼓励朋友。看这一首：

堪笑先生四壁无，寒窗剩有五车书。

一童只许长须伴，半世长同双影居。

白屋不嫌藜藿少，朱门却厌稻粱余。

枕流漱石多佳趣，不羡人间驷马车。

总的说来，就一层意思：朋友，别看咱没车，可有书啊，家有诗书咱不贫。

因此，马在那时绝对算得上是奢侈品。那么，有点家底的人出门骑什么呢？总不能骑个扫把吧？想想，一般也只能用用骑驴、驴车、牛车和轿代替。牛车慢，适合短途；轿用人力，人力很贵。因此，驴成了老百姓最适合的出行工具，一些场所还专门设有停驴位。

在宋朝，马相当于七八十万以上的中高档型轿车，其速度、性能更为优秀，而驴就相当于二十万左右的经济实用型轿车，虽然它的性能比不上高档的，但在城市里使用还是绰绰有余了。

〔北宋〕张择端《清明上河图》中戴笠帽的骑驴者

与《宋会要辑稿》等古籍一样，《清明上河图》也是个宝啊，常看常新。仔细看，会发现：里面驴比马多。而宋朝的租赁铺可以租毛驴，方便了家中无驴的百姓出行——话说，经常在一起租毛驴的朋友，是不是就可以叫作"驴友"呢？要问大宋"驴友"有多少，还真不好讲——这么说吧：凡有养驴处，皆有"驴友"的踪影。

不少地方戏，比如驴仔戏，还有传统民间舞蹈"跑驴"等，它们的主角之一，就是驴。在中原的某些地方，曾经将摩托车叫作"电驴子"，其实也是祖先骑驴习惯的影响。

当然，还有水路，也是重要的交通路径，乘载工具有舟、船、舫、筏、艇、舸、凌床等，其中舟和船种类最多——舟娇小，船伟壮。

远观近听，北宋诗人孔平仲创作了《汴堤行》：

> 长堤杳杳如丝直，隐以金椎密无迹。
> 当年何人种绿榆，千里分阴送行客。
> 波间交语船上下，马头揖别人南北。
> 日轮西入鸟不飞，从古舟车无断时。

长堤绿树，系缆桩；远行客，送行的人；倦鸟，夕阳；马匹，舟车……多少年来，这景象没变过；日日夜夜，这舟车没断过。

〔南宋〕夏圭 《西湖柳艇图》

舟分龙舟、御舟、官舟、民舟等，船分座船、客船、民船、渡船等，其中又有许多分支。比如，民舟中树叶一样小巧的蚱蜢舟，走马上任、走亲访友或赶考、旅行……都可以搭乘，轻松越过万重山；再如，渡船中残长就有二十四米的海船——它出土于泉州湾，南宋时做海上贸易，也搭载海内外旅客，可容纳千人以上。舱中有许多带厕所和密室的房间，还有一百多个船员分上中下铺的宿舍。因为船员多，每次出行长达一年之久，所以里面要备足一年的粮食，并圈养活猪，以保证能吃到鲜肉……其豪华和繁复程度简直可以借此拍一部中国版的《泰坦尼克号》了。

中国古代到处都是大江大河，很多村庄被一条河所环抱，不少城市有江河穿城而过。在河网密布的长江三角洲、成都平原、京杭大运河两岸、沿海一带……有些地区对船只的依赖甚至超过了驴。

三十一、宋朝人也养宠物吗？当时著名的"铲屎官"有哪几位？

风卷江湖雨暗村，四山声作海涛翻。

溪柴火软蛮毡暖，我与狸奴不出门。

——〔南宋〕陆游《十一月四日风雨大作》（其一）

裹盐迎得小狸奴，尽护山房万卷书。

惭愧家贫策勋薄，寒无毡坐食无鱼。

——〔南宋〕陆游《赠猫》

〔宋〕佚名《狸奴婴戏图》

〔南宋〕毛松《麝香图》

陆游一辈子想当兵，去保家卫国，可得不到赏识，四处碰壁后，小半辈子蜗居小村。事业不能安慰他，小猫咪们倒成了这落寞生活里的一点暖意。

他为它们取名，"粉鼻""雪儿""小於菟"，为它们赋诗，留下了《赠粉鼻》《得猫于近村以雪儿名之戏为作诗》等诸多诗篇。当然，还有以上这两首写"狸奴"的——古人称猫为狸，可能是两者那种轻巧如影的气质相似的缘故。

他庆幸它凑凑合合得以温饱：外边风急雨骤，屋里烧起柴火，猫咪和自己都热乎乎的，不用出门受罪；他心疼它吃不好睡不好：我这个小狸奴给我护书有功啊，可是……惭愧惭愧，因为家穷，让它冷时坐不上毛毡，饿时吃不上鱼。

另一名"铲屎官"黄庭坚家的猫没了，老鼠猖獗，愁得很，忽听一户人家猫咪恰逢生产，闻讯而来，要走一只小猫崽：

秋来鼠辈欺猫死，窥瓮翻盘搅夜眠。

闻道狸奴将数子，买鱼穿柳聘衔蝉。

——秋天到了，老鼠们欺负我家猫猫死掉了，偷看粮食瓮翻菜盘子，整天闹腾，搅得我不得安眠。听说（你家的）猫生了好几只小猫，于是，我（想要一只）给它准备下好吃好喝的，想快点将它迎进家门。这首诗的名字就叫《乞猫》。

非但陆游、黄庭坚，也非但农村小镇，大城市里很多普通居民都喜欢养宠物，鞍前马后的，成了猫奴或狗奴。黄白相间的狮子猫或狮子狗最受欢迎——它们大都身材矮小、毛长腿短，属于小型观赏类的猫狗。

其实，唐朝的《簪花仕女图》上就有狮子猫了，到宋朝时，宠物频频在画中出现，尤其是《萱花乳犬图》，题材很接地气，上面画了一只狗妈妈，看着宝宝们在庭院嬉戏玩耍。千年过去，人的面貌特征和穿着打扮都变了，"毛孩子"们什么都没变，跟现在的没什么两样。而无论狗、猫或人，母爱也跟现在的没什么两样。

朝廷专门设立了狗坊之类的机构，用来饲养皇帝的宠物。宋太宗有只桃花犬，一直驯养在床边，极为伶俐、娇小，宋太宗喜欢得不得了。

与黄庭坚一样，梅尧臣养猫大半原因是为了灭鼠，可养着养着，就养出感情来了。猫死了，他非常伤心，不仅写诗《祭猫》进行悼念，还举办水葬：

自有五白猫，鼠不侵我书。

今朝五白死，祭与饭与鱼。

送之于中河，咒尔非尔疏。

昔尔啮一鼠，衔鸣绕庭除。

欲使众鼠惊，意将清我庐。

一从登舟来，舟中同屋居。

糗粮虽甚薄，免食漏窃余。

此实尔有勤，有勤胜鸡猪。

世人重驱驾，谓不如马驴。

已矣莫复论，为尔聊歆歔。

——梅家这只猫好啊，自从有了它，老鼠再也祸害不了书了。它死了，主人用饭和鱼祭祀它，并举行了河葬，以前它勤劳捉老鼠，保护了粮食，比鸡和猪强。人们如今重视座驾，说猫不如马和驴。它已经死了就别说这个话了，一提它就难过要哭出来啦。

看起来，这只猫已经被梅尧臣视作家人一样珍贵的存在。

〔宋〕佚名《戏猫图》

当时还有个叫陈昉的人，家里养了一百多只狗，在一个大槽里喂食。吃饭时，只要有一只没到，那百十来只兄弟也不吃，死等。从狗儿们的情状来看，这养狗人想必也很可爱。

到南宋时，已经有了类似波斯猫、贵宾犬的名贵品种出现，而宠物也走进了百姓家。居民员琦养了一只黑身子、白爪子的狗，取名"银蹄"，会作揖，会跪拜，机灵着呐，家里人都喜欢它。可一不小心，银蹄走丢了，员琦一家急得上蹿下跳，张贴布告，四处寻找。

人们"吸猫""斗狗""熬老鹰"，甚至连蛇和猴子都没有放过，有种"只有你不敢想，没有我不敢养"的豪迈。

宋高宗是养鸽方面最出名的"玩主"，他驯养的鸽子不仅数量多，种类也多。想想一大群鸽子，在皇城上空盘旋，鸽哨嗡嗡，如战斗机群巡视蓝天，实属壮阔美景。

除了鸽子，宋高宗还特别喜欢养猫，因为养猫，还决定过一件大事：相传他曾为了尽快确定皇储，选了宗室七岁以下皇子十人，作为备选，最后确定了一胖一瘦两人。高宗本意是留下胖皇子，思前想后，他还是决定最后观察一下他们俩。他将两人叫到大殿上训话。好巧不巧，有只猫从他们脚下穿过，胖皇子一脚将猫踢开，高宗看到了，心想："此

宋孝宗坐像

猫只是偶然经过，不碍什么事，犯不着将它踢开的呀，如此轻率、没有爱心，怎堪大任？"于是，最终留下的是瘦皇子，即后来的宋孝宗——恐怕宋孝宗自己也想不到，自己能当上皇帝完全是因为沾了猫的光。当然，这件事可信可不信。书是死的，人是活的，古籍记载也未必全是真的。

在上上下下营造的饲养宠物、珍爱宠物的氛围中，宠物店应运而生。一家宠物店门口如果挂着这样的招牌："猫窝狗窝、猫鱼、卖猫儿狗儿、改猫犬"，你就可以知道，他们不但提供狗粮猫粮和小鱼，还管着买卖小猫小狗，给猫咪和狗子美容。有的店铺还可以派专人上门服务。

当然，也有不好的现象出现，个别人会偷摸杀狗，用来一饱口福。爱狗人士受不了，纷纷写检举信，汇报给朝廷。结果，朝廷颁布了有爱狗护狗内容的《宋刑统》："故杀他人犬者，决臀杖拾伍放。杀自

己犬者，决臀杖拾下放。杀恶畜产者，准律处分。"就是打啊，狠狠打你的屁股，看你还吃不吃！

现在偷狗虐猫的人要是也有法律这么治一治，就太大快人心了。

三十二、宋朝人焚的是什么香？普通人玩得起吗？

> 七十衰翁，告老归来，放怀纵心。念聚星高宴，围红盛集，如何着得，华发陈人。勉意追随，强颜陪奉，费力劳神恐未真。君休怪，近频辞雅会，不是无情。
>
> 岩扃。旧菊犹存。更松偃、梅疏新种成。爱静窗明几，焚香宴坐，闲调绿绮，默诵黄庭。莲社轻舆，雪溪小棹，有兴何妨寻弟兄。如今且，趁花迷酒困，心迹双清。
>
> ——〔南宋〕朱敦儒《沁园春》

朱敦儒在官场打拼，几度用废，经历坎坷太多，晚年时，还因秦桧笼络的缘故，被划入了"失节"的黑名单。告老还乡后，勉强在酒宴上应酬，到底没意思。因此，辞掉了很多聚会，自己在家里种种菊、松、梅，以之为友，静坐窗前，焚起香，在淡淡香氛中，调调素琴，默默经文……

香是介质，有如人间与仙界的衔接点，袅袅盘桓，体贴、细腻，沉浸进去，可以物我两忘。岳飞之前，还有位抗金名将李纲，后来同样为投降派所迫害。失意时，他曾写下"老病维摩谁问疾，散花天女为焚香"的诗句，假想出冷冷清清中仙子焚香的安详，聊以自慰。

东西虽小，可叫人开心，用起来又简单方便，不费什么事，所以，宋朝人从早到晚都要用香，白天和晚上用的香配方不同，气味不同，作用也不同。

他们把焚香叫烧香，将之与点茶、挂画、插花并称四件雅事。无论做什么，读书啊听歌啊，都要先烧上一炉香。如厕时也可以——如厕时更可以。

烧香不是直接燃烧香料，而是用炭火来炙烤，所以更恰切的说法应该是"烤香"。各种香料磨成粉，加入蜂蜜等，搓成小香丸"合香"。焚香时，须在香炉装入炭灰，里面埋入一块烧红的木炭，再盖上炭灰，堆成小山，戳几个小孔，火旺起来后，灰顶放一张银片，上搁合香，以炭灰的热量炙烤，散出香味。这种焚香方法叫"隔火熏香"。

〔南宋〕李嵩《高阁焚香图》

我们如今的焚香方式是直接点燃线状香。相比之下，隔火熏香有什么优点？

一则可以避免烟雾缭绕的问题，更环保；二则可以通过控制火力，来调节香味的浓淡。

焚香的人必须懂制香、懂品鉴、懂调制、懂香器，最好再懂诗书……他（她）应该是个艺术家方能胜任。点茶也一样，整个过程非常繁复，哪有泡茶方便？但乐趣恰恰在那个慢慢悠悠的过程中。

杨万里写过一首《烧香七言》：

> 琢瓷作鼎碧于水，削银为叶轻如纸。
>
> 不文不武火力匀，闭阁下帘风不起。
>
> 诗人自炷古龙涎，但令有香不见烟。
>
> 素馨忽开抹利拆，低处龙麝和沉檀。
>
> 平生饱识山林味，不奈此香殊妩媚。
>
> 呼儿急取蒸木犀，却作书生真富贵。

——器具很精致，火力很均匀，有香不见烟，材料都很贵。平生很清高，不喜这一类。叫娃取来便宜香，这才是俺们读书人真正的富贵和光彩。

陆游可是焚香发烧友。除了焚香，他还格外喜欢扫地，翻翻他的诗本子，好像平日除了焚香扫地、扫地焚香，他没干别的："莫道斋中日无事，焚香扫地又诗成"，"海山缥缈劚（音 zhǔ，砍，斫）云扃，扫地焚香悦性灵"，"烧香扫地病良已，饮水饭蔬身顿轻"……简直不能一日无此君——此君等于"香和扫帚"。

苏东坡也是超级香迷。一次，他用同朝领导、美男子韩琦的配方调制出一款香，炙烤时，发出一股梅花香味。"成功了！"他非常开心，为它取名为"韩魏公浓梅香"。

在制香方面，与弟子黄庭坚相比，东坡竟落了下风——宋朝有四款很有名的文人合香：意和香、意可香、深静香、小宗香，合称"黄太史四香"，或亲手调制，或取名定调，都与黄庭坚有关。单论制香，苏黄二人几乎可以并称，此外，黄庭坚还自号"香痴"。

——哎，怎么觉得耳熟？对的，与制谜语那里的历史评价差不多。其实论书法上的历史地位，二人也在伯仲之间。本书第一篇，我们介绍宋朝谜语时，引用的就是明代学者郎瑛对他们二位的赞辞："隐语化而为谜，至苏黄而极盛。"师徒二人都是深得生活之乐的人，在这些好玩的所谓"小道"上，两人的贡献都挺大。

黄庭坚有位僧人朋友，法号惠洪，同为乐山乐水的有趣之人。一次，二人相约，在湖南游山玩水。接待他们的衡山花光寺长老也有趣——晚上，他们休息之前，长老派人送来了两幅墨梅图，请他们欣赏。画是真好，灯下梅花灼灼，开在纸上。

"好画啊好画！惠洪兄，你看。可惜呀，梅花虽美，只欠暗香。"黄庭坚没按捺住，遗憾的话还是脱口而出。

不料惠洪却答："鲁直要嗅梅香，却有何难？"边说着，他边找到背囊，摸摸索索，从中取出一粒香丸，投入香炉。不多时，便有香气幽幽，袭人衣袖。

黄庭坚笑着问："请问何来此香？如此神妙！"

惠洪告诉他："这是韩魏公浓梅香，苏轼大学士的独门秘香。"

黄庭坚开心，更因为最好的师友与之相关："哦，原来这就是东坡师的韩魏公浓梅香啊，今日能得见，真是有幸啊。"

惠洪大笑："此香之气味，举世无双，只是'浓梅香'的名字不够得体。"

黄庭坚的兴致很高，顺着这个话题聊了下来："我看啊，不如改成'返魂梅'，返魂梅之名，似乎更贴近此香的灵魂。"

——两人说着香，就好像三个人说着香，真真惠风和畅。

陆游调制的一款"四和香"，所用香料很是寻常，制法也不难，无非用荔枝壳、兰花、菊花、柏树果实，四种原料捣碎，以炼蜜调成小丸。由于成本低廉，陆游有些自嘲地将这款合香称为"穷四和"。

穷未必穷，比如宋仁宗的宠妃张贵妃，就很喜欢用荔枝壳、苦楝花、松子膜等寻常材料制作合香。比重不同，香味也有异，要的就是这份微妙感觉。

宋朝人集体鄙视一种进口的沉香，认为其香味过于腥烈，只宜入药，不宜入香。但他们不会瞧不起荔枝壳——浓未必恶，却一定俗。这与宋朝以淡雅、朴素、简约为美的审美态度是一致的。

表面的礼是内里的道。香，物微而位贵，是中国优秀传统文化无形的血脉，宋朝人离不了的日常用品。日益粗粝如我们，何不与古为徒，试一试宋式风雅？

其实很简单，原料都是常见的，唾手可得。闲下来，不妨做个小试验：将吃过的荔枝壳或香橙皮晒干，放入电蚊香炉里烤热，没准儿会发出很接近苏东坡、黄鲁直、惠洪和陆放翁他们鼻孔里装过的那种香味呢。

三十三、宋朝人怎样刷牙？他们用什么样的牙刷牙膏？

浸得荷花水一盆，将来洗面漱牙根。

凉生须鬓香生颊，沉麝龙涎却是村。

——〔南宋〕杨万里《山居午睡起弄花三首》（其一）

这是杨万里描述的自己洗脸刷牙时的情景。

当时他被贬到边远乡村，也不忘精致生活，用浸泡的荷花水洗脸漱口后，鬓角脸上都凉凉的香香的，舒服——而那些沉香、麝香、龙涎等却是村野得很呐（我才不用呢）。

这里，仍透着宋朝日常：鄙视名贵之香，喜爱天然的、伸手够得着的物料。重点是：他是午睡起来洗漱的，用的还是荷花水，目的是让脸生香——清水洗洗得了，多麻烦。

男子洗漱尚且如此走心，女子们在这方面该是怎样的不厌其烦？此处省略两千字。

杨万里还有另一首写午休后的《闲居初夏午睡起二绝句》（其一）：

> 梅子留酸软齿牙，芭蕉分绿与窗纱。
>
> 日长睡起无情思，闲看儿童捉柳花。

梅子好酸，让牙齿变软，而后睡个好觉，起来看小孩子跑来跑去，忙着捉柳絮……照他的好习惯，吃了酸酸甜甜的东西，就更要漱口了。

《礼记》中说"鸡初鸣，咸盥漱"，说明先秦人们已有了漱口的习惯。柳枝是中国最早的牙齿洁具。晚唐时，人们把柳枝泡在水里，用时咬开柳枝，纤维露出来，如同细小的木梳。古语说"晨嚼齿木"，嚼的大概就是这个。

齿木是以前出家人的必备日用品——用过早餐，和尚集休刷牙，听取嚼声一片。这种刷牙法甚至上了佛家经典《华严经》，归纳有十大好处：①消宿食；②除痰疾；③解众毒；④去齿垢；⑤发口香；⑥能明目；⑦润泽喉咙；⑧唇无皱裂；⑨增益声气；⑩食不爽味。

齿木并非只限于柳枝。百姓完全可以因地制宜：槐枝、桃枝、葛藤等都可以用来洁齿。

人是欲求不足的动物，就算这种方法百般好，总有第一百零一个心理需求在后面等着，可非如此不能促进时代进步，将欲望把握好了就是好事。到后来，显然嚼齿木越来越不能满足需求了，于是，人们开始想别的办法。我们在文学经典中，偶尔能一瞥芳踪：

> 紫鹃递过香皂去，宝玉道："这盆里的就不少，不用搓了。"再洗了两把，便要手巾。翠缕道："还是这个毛病儿，多早晚才改。"宝玉也不理，忙忙的要过青盐擦了牙，漱了口，完毕。

这是《红楼梦》中的一个场景，说的是贾宝玉的洗漱过程。我们就看他擦牙用的什么？青盐。

漱口用的盐是很贵的，百姓大都用茶水或酒来代替。

用牙膏最早的记录出现在宋朝，同时也有了"刷牙子"——以骨、角、竹、木为原料，在一头钻两行小孔，上植马尾。和现在的牙刷没有多大区别了。

苏东坡任礼部员外郎时，由于分管外交、教育、宫廷礼仪等工作，深得皇帝信任，和后宫接触比较多。有个妃子对东坡抱怨，说："学士，我这么小心爱护，为什么牙齿仍然会变黄啊？你能不能想个方法，让我牙齿变白？"

东坡无言以对。真尴尬。这下可激起了他的挑战欲——不久，他派人到民间询问良方，多次无果。

事发偶然。这一天，某位高僧到了东坡地盘上。他到处游历，见多识广，知道东坡正为此头痛，就跑来告诉他："先生啊，你不要泄气，我好像听说过有人用中药美白过牙齿，遗憾的是，我忘了到底是何时何地见过那个人啦。您不是很懂中医吗？还给自己开方子治好过病症。

不妨亲自试一试，也许竟是一条好的路径呢。"

东坡接受建议，开始不断试验。他发现将晒干的茯苓、松脂和乳香、檀香等香料打成粉末，清理效果会好很多，还美白牙齿，口气清新。

由于不知道这个方子是否适用于所有人群，他担心给皇后、妃子用了万一没有效果的话，或许被打成欺君之罪。得慎重啊。

沈括像

他让人开起牙粉店，目的是获取实验数据。没想到，女孩们都争着买，甚至有时会被皇宫作为好东西赏下去。这也导致牙粉的价格被炒得越来越高，让普通老百姓望洋兴叹——就这么一丁点，利润那么高，不科学呀。

小东坡六岁的沈括也配制过牙粉，用的原料很单一，只有苦参，同样是晒干捣末，拿筛子筛细。

这人与王安石、司马光、苏东坡他们不太一样——后三者性格迥异，三观吻合，大节相似，人品都过硬，所以即便政见不一，他们仍是朋友，对方落难了，反倒私下更加亲厚，生死关头则拼力维护对方，所谓"君子和而不同"。而东坡后来陷入的"乌台诗案"与沈括不无关系，两人晚岁的遭遇都不算太好，几乎没什么来往。如果没有那个案件，他们结个伴，专心研究一点诸如改进牙粉质量的闲事，平淡地将残生过完，未必不是幸事。但如此，历史上或许就少了一位出色的科学家，我们尤其输不起的，是历史上或许就少了一位坚强得要命、浪漫得要死、人人都爱的苏东坡。这可不行。

……那也行吧？还有什么比一个人好好活过一生更重要呢？

三十四、宋朝时有香皂吗？他们洗脸用的"面汤"是什么？

畿县尘埃不可论，故山乔木尚能存。

不缘去垢须青荚，自爱苍鳞百岁根。

——〔北宋〕张耒《东斋杂咏·皂荚》

接着上一回，我们引用了《红楼梦》中的片段，宝玉要洗漱，"紫鹃递过香皂去"，还说"这盆里的就不少，不用搓了"，纵容下属撕扇子取乐的主儿，还这么爱惜香皂，用点残渣……太难得了。不过，能看出，当时的香皂恐怕不怎么便宜。

清朝人写《红楼梦》，看他假托无法纪年，其实在说自家事，我们可以知道，那大抵是说清朝已经有香皂了，只不过寻常百姓可能还用不起。

看篇首，"苏门四学士"之一、那位以皂荚为抒情对象的诗人，他说，自己来到京城，沾染了一身尘土，正好有一树树青色的皂荚可摘来清洗，树根鱼鳞一般的苍苍古木着实令人喜爱。皂荚，即皂角，果肉厚，含油量超过大豆，污渍油渍可一把搞定。

他有所指，姑且不论，我们由此可知，那时的洗涤用品包括皂荚。

近年电视上出现了一档真人秀娱乐节目，有段时间大受欢迎，叫作《咱们穿越吧》。在里面，有两名演员制作香皂的镜头，说因循的是宋朝的配方。

难道宋朝就有香皂了吗？不应该是皂荚吗？他们不懂盐析原理啊。

是的，宋朝不仅有香皂了，还有了专门经营香皂的商人。

从魏晋到宋初，澡豆还在普遍使用。将皂荚研碎，再加入豆粉、香料等，混合后，经过自然干燥，形成的粉末即澡豆。是谁首先想到利用人工合成的澡豆去垢？没人知道，但他肯定是个绝顶聪明的人。

这不算完，临安的街市上已有成品叫"肥皂团"的东西出售。

与澡豆相比，肥皂有明显的不同：澡豆以豆粉、香料和药物为主，肥皂以肥珠子的果肉、猪脂和鸡蛋清为主；澡豆是干粉末状，肥皂则做成丸，便于保存和携带，形态与质地都更接近今天的肥皂。肥珠子，一种树，无患子的俗称，壳中果肉比皂荚还要多油，所以得名肥皂。肥皂团加上香料，就是香皂。

宋朝制香皂，常用白芷、白附子、白僵蚕、白芨、白蒺藜、白敛、白丁香……这些带"白"字的中药，其实就是我们现在面膜或护肤品中七白粉的原料，所以，做出来的这种香皂就是美白皂啦。

除此之外，汴梁市面上还出现了一种新东西：面汤。

此面汤不是彼面汤，不能喝，只可用来洗脸。面汤的需求量很大，汴梁街头到处都可以买到。"有浴堂门卖面汤者，有浮铺早卖汤药二陈汤"，这种面汤是化了澡豆、肥珠子，或加了豆粉、香药、花朵的洗脸水。前面我们提过杨万里用的"荷花水"，就是这类面汤。

面汤店的客户多是往来的商贾、出差的官员。这些注重礼仪的人在见客谈事前有洗面敷香的习惯，就像当代男子用剃须膏、抹润肤露、喷古龙水一样，只不过似乎宋朝人更加讲究。他们还用葱白汤杀菌，用醋浆水去角质，用猪蹄汤治疮痘……宋朝人的洗脸水都是医美级别，而且是一线演艺人员的医美级别。

洗完脸，有的还要挤黑头粉刺，即"黑子"——真新鲜呐，古人也长粉刺啊。古书记载："夜以暖浆水洗面，以布揩黑子令赤痛，水研白檀香取浓汁以涂之，旦复以浆水洗面。"其实跟现在美容院那套做法完全一样：隔层布挤出黑头，再拍收敛水。

你看，不知是我们穿越到了宋朝，还是宋朝人穿越到了当代，想法居然不约而同。

三十五、宋朝的夜生活如何？有没有大排档可以撸串？

> 风销绛蜡，露浥红莲，灯市光相射。桂华流瓦，纤云散、耿耿素娥欲下。衣裳淡雅，看楚女纤腰一把。箫鼓喧，人影参差，满路飘香麝。
>
> 因念都城放夜，望千门如画，嬉笑游冶。钿车罗帕，相逢处、自有暗尘随马。年光是也，唯只见旧情衰谢。清漏移，飞盖归来，从舞休歌罢。
>
> ——〔北宋〕周邦彦《解语花》

南宋的夜，明亮，热闹，满路喷鼻儿香，女孩袅袅婷婷，嬉笑打闹去看灯，车马游弋，那游览的人中啊，有多少不经意的相逢，然而时光无情，纵歌舞贪欢，都过去了，徒留回忆。

周邦彦出身音乐世家，自己也曾掌管徽宗麾下的"大晟乐府"，专业搞创作，作词作曲一肩挑，词韵清蔚，赢得"婉约派正宗""词家之冠"等美名。他的一支笔本就惯写风月，一旦与大宋的夜生活相遇，就更加灵气迸发，一发而不可收了。

两宋的夜生活是出了名的丰富。

在先秦就有的十二时辰计时法中，晚上九点开始的亥时被命名为

"人定"，意思是人得定住，该睡觉了。

　　无论油灯还是蜡烛，都是两汉百姓消费不起的——挑灯夜读，等于权贵；凿壁偷光，才是百姓。即便民国时期，在小说《阿Q正传》里，富户赵家为省灯油，晚上也不常点灯。

　　唐朝有严格的夜禁制度，夜晚上街会被揍成植物人。之前的三国时期更是如此，天一黑，出去就犯法，犯法就处死。直至唐朝中后期，此律才逐渐废弛。

　　由唐入宋，夜禁制度彻底取消，开始出现街灯、桥灯等公共照明，广告灯牌也在夜晚闪烁起来，人们摆夜宴，开party（聚会），玩得尽兴，

〔南宋〕马麟《秉烛夜游图》

想多开心就有多开心。

关于尽兴玩耍的诗，有一首《桃李花》：

> 花如桃李人如玉，终日看花看不足。
> 万年枝上啭春风，七丝弦上调新曲。
> 宝马嘶风车击毂，东市斗鸡西市鞠。
> 但得长留脸上红，莫辞贵买尊中醁。

作者张舜民是诗人陈师道的姐夫，曾活跃在北宋画坛。当然他是业余创作，本职做官，性格刚烈，陷入党争而常觉疲惫。晚年时分，又做回学者，去修志书了。其实，花中消遣，酒内忘忧，游戏歌吹递春秋……对火爆性格是个平衡。

这里涉及一个关于市的小知识：先秦以来，城市严格执行坊市制，坊市间起高墙，大门有人值守，居民区与商业区被隔得清清楚楚。市昼开夜闭，民众只能白天去买东西和玩乐。宋初坊墙多有损毁，仁宗上任时，干脆拆除了汴梁坊墙，自此坊市在时空上都被打破，为夜市的产生奠定了基础。

汴梁的州桥夜市除了夜深的一两个时辰休整，几乎全天不打烊。古籍记载，马行街夜市比州桥夜市"又盛百倍"。夜市之繁荣可见一斑。

东坡的《牛口见月》一诗曾提及夜市：

> 掩窗寂已睡，月脚垂孤光。
> 披衣起周览，飞露洒我裳。
> 山川同一色，浩若涉大荒。
> 幽怀耿不寐，四顾独彷徨。
> 忽忆丙申年，京邑大雨滂。

蔡河中夜决，横浸国南方。

车马无复见，纷纷操筏郎。

新秋忽已晴，九陌尚汪洋。

龙津观夜市，灯火亦煌煌。

新月皎如昼，疏星弄寒芒。

不知京国喧，谓是江湖乡。

今来牛口渚，见月重凄凉。

却思旧游处，满陌沙尘黄。

　　牛口位于秭归与巴东的交界处，是个不起眼的小镇，东坡父子三人曾在此住宿过。那一年，苏洵带他们兄弟进京赶考，适逢汴梁大雨过后，街上不见车马只见船，可龙津桥的夜市依旧灯火辉煌，喧哗不减，加上星月交辉，景象真好看……牛口"居民偶相聚，三四依古柳"（《夜泊牛口》），温情脉脉，是当年景象，那时游玩过的地方，如今一路黄沙；而汴京就算发大水也不影响夜市开张，那种异事也成了回忆；天各一方，父子兄弟形影不离的过往也成了回忆……他故地重游，见月起悲。

　　——凡经历过汴京、临安繁华的，几乎都为之怅惘，不断回忆，视那一切有如一枕黄粱。

　　非但京城，全国数十座较大的城市都有夜市。苏辙曾与兄长相唱和，写过一首诗，其中提到"昔在建城市，盐酒昼夜喧"，说那个城市，市场日夜开着，热闹得很呐。夜市常有物品专场，如花市、果市、药市、鱼市、酒市、蚕市……无不延续到深夜，各种各样的香气、鲜气掺杂在一起，加上各种各样的叫卖声，观者的笑声、说话声，此起彼伏，叫人觉得活着

苏辙像

〔南宋〕杨妹子《薄薄残妆七绝团扇》

〔南宋〕杨妹子《瀹雪凝酥七绝团扇》

江西安义县出土的南宋鸳鸯戏水
金香囊

真有意思、真带劲。

当然，还有一些卖小东西的。走在夜市上，你仿佛来到了义乌小商品城，团扇、香包、香囊、丝巾，以及锁头、锅子、茶壶、炭炉等，不乏生活必需品。等玩累了，就可以进瓦肆勾栏听戏、听曲儿、听评书，玩游戏，看傀儡戏、相扑和杂耍；还可以去酒楼茶楼上，喝酒吃肉看表演。据说汴梁九桥门街市一带有七十二座大酒楼，最出名的是樊楼，底座宏伟，重重叠叠，登上第一层，即可俯瞰皇宫。

喝高兴了，不少墨客骚人便写诗奉送，为这些场所做免费的广告。另外，还有青楼，也是酒不醉人人自醉的温柔乡，灯火闪烁，像热辣辣的眼神。即使整晚都流连于夜市，那也没关系，你完全不必担心被城管驱赶，因为整夜开放，不关门呀。

"夜汴梁，夜临安，你是个不夜城，华灯起，乐声响，歌舞升平……"蓝调，爵士，布鲁斯，都是适合它们的调调。

至于可不可以撸串？宋朝当然可以撸串啦——宋朝人有多会吃，你不是不知道，就说烧烤吧，烤、熏、烧、煨，还有什么是他们不会的？新鲜的羊肉串拿来，要先用水果和鲜花卤制过再烤，于是，橙子、甘蔗和菊花成了店家卤制羊肉串的首选食材：橙子有其特有的果香，甘蔗可以去膻味，再加上菊花的清香，和羊肉一起卤制，就不愁串串不清甜可口了。想吃辣的？你抹胡椒啊，或者孜然——假如摊上有的话。反正唐代以后这种烧烤标配已经通过丝绸之路从西域传过来了。

在露天地吃这些才过瘾呀。于是，除了大酒店，夜市上出现了许多大排档，且价钱便宜得吓人。据记载："鹅、鸭、鸡、兔、肚、肺、

元代夏永所绘的南宋临安大型酒楼丰乐楼

鳝鱼、包子、鸡皮、腰、肾、鸡碎，每个不过十五文……"十五文左右便能买一份油浸浸的小吃，合今天十来块钱，委实划算。在炎热的夏季，有很多路过小吃摊的人，渴了还会随手向店家要一碗凉茶，店家也会慷慨赠送。

还有还有，夏天真是热爱冷饮者的天堂啊，买卖人把冷饮玩出了花样：生腌水木瓜、麻粉条子、砂糖绿豆、梅花酒、二陈饮、薄荷汤、荔枝膏……来上一口，那叫一个爽。你在《清明上河图》上可以看到，一些路边大排档打出的幌子，上面写着"饮子""香饮子"的字样。它们就是宋朝的饮料。我们在介绍羹汤时曾有所提及。

宋朝的夏天和现在很相似，商贩们会放置桌椅，撑起大遮阳伞，沿街售卖冷饮。人们可以挑选自己喜欢的水果，和冰搅拌后食用。汴梁的"冰雪冷元子"，在当时算得上一道热卖冷饮，它由蜂蜜、砂糖和黄豆制作而成，口味冷冽甘甜。制作方式也很考究：黄豆炒熟去壳后磨成粉，用蜂蜜拌匀，兑水制成一个个小团子，再浸入冰水中冰镇……有点像现在的冰激凌球。

市场上饮食百种，很多都创出了名堂。比如，汴梁李四家、段家的北食，金家、周家的南食，张家、郑家的油饼，万家的馒头，史家的瓠羹，丁家的素分茶，曹婆婆肉饼，王道人蜜饯，鹿家包子等，都供不应求，日夜兼营，提篮、托盘串街的小贩也忙个不休，收获颇丰。

名利煌煌，不及一碗人间烟火。

夜市的喧哗沸反盈天，终日不绝。据说有一次，夜很深了，还有阵阵丝竹声、欢笑声、觥筹交错声飘入宫中。宋仁宗听到了，不禁好奇："这是哪里？如此闹腾。"

妃子回答："官家，是夜市上传来的。您看与外面相比，我们宫里反倒冷清。"言语中有一丝哀怨。

仁宗到底是仁宗，他半是理解半宽心地说："这样也好，要是宫里像外面那样快活，民间就要冷冷清清了。"

所以，他有时让女相扑手进宫表演，也算合情合理——身份限制，不能随心所欲随时出门观赏，请进来，偶尔过过瘾还不行啊？"我这皇帝当得够自律了，你还给我提意见上书，铁青着脸那么难看。好你个司马光，写你的书砸你的缸去呗，事儿真多。"那些年里，保不齐他心里这么埋怨过。

宋朝的社会分工细化到了让人吃惊的地步。比如酒楼上办宴会，各项业务安排得井井有条：有专门负责炒菜的、专门负责端盘的、专门负责果品蜜饯的、专门负责酒水饮料的、专门洗碗的，甚至有专门唱菜名的，等等，和现代社会几乎没什么差别了。很多人喜欢宋朝，可能还有一个潜在的原因，就是它亲切，很多事物听上去就熟悉。

不过，即便很能赚钱，许多人也还是有自己的原则——且干且享受！当时，湖北有个叫乐生的小买卖人，每天赚足一百文钱（相当于今天的五十元）就不干了，回家享受生活。你喜欢的一天才是属于你的一天，不喜欢的一天就等于你失去了它。不喜欢天天加班，就不加呗，开心大于天，知止最可贵。老祖先们活得真是通透——当然，幸亏压力也不是很大。

这种幸福的夜生活只在宋朝持续了三百年，元朝重新开始夜禁，明清循之，古人的夜生活又复归沉寂。

再盛大的锦绣，也禁不起一夜的西风。

服饰妆容篇

宋人闲情
SONGREN XIANQING

暗香何曾辞疏影

宋朝的精致是出了名的。就此而言，历朝历代难说哪个能赶上它。

它像它的"孩子"宋词和宋瓷，斯文，含蓄，极简，写意，谦谦君子，温润如玉……有异数，但大方向就是这样了。

就像当年天子轻轻一句"雨过天青云破处，这般颜色做将来"，工匠们就根据这恍兮惚兮的描述，做出了他心中绝美的天青色瓷器一样，似乎你刚有点什么美好的向往，两宋都一定能帮你实现。

全民爱美，全民爱花，全民尚香，全民尚雅——那些采茶的女儿家干活儿也打扮得花枝招展；那些看上去很凶的人鬓边也戴朵石榴花；那些高居官位的人也抽出时间，刻苦钻研牙粉制造术；如果愿意，再普通的女孩子也可以拥有最大牌的那款进口香水……

其实，整个大宋都香喷喷的。

三十六、宋朝女子出门也洒香水吗？她们的梳妆台上都有些什么？

美人晓镜玉妆台，仙掌承来傅粉腮。

莹彻琉璃瓶外影，闻香不待蜡封开。

——〔南宋〕虞俦《广东漕王侨卿寄玫瑰露因用韵》（其二）

这位官至兵部侍郎的虞俦先生，与陆游、范成大和杨万里都是好朋友。其诗风受杨万里影响，平白如话：女子对镜化妆时，以香水傅粉，瓶子映出她的影子，而来不及开启蜡封，她就已经凑上鼻子去闻香了，尽显娇憨。

粉是干末，会向皮肤上扑，要借助水或油加以调湿。最奢侈的做法就是用蔷薇水调和。诗中"仙掌承来傅粉腮"一句就是说的这个办法。现在看，有点像装修时的抹石灰，水加石灰调匀了，上墙。涂脂抹粉就是给脸搞装修。

与虞俦同时代的词人张孝祥也写过一首词——《风入松》，备述看女子化妆抹香香是种什么体验：

玉妃孤艳照冰霜，初试道家妆。素衣嫌怕姮娥妒，染成宫样鹅黄。宫额娇涂飞燕，缕金愁立秋娘。

湘罗百濯蹙香囊，蜜露缀琼芳。蔷薇水蘸檀心紫，郁金熏染浓香。萼绿轻移云袜，华清低舞霓裳。

147

〔南宋〕苏汉臣《妆靓仕女图》

古书记载："异域蔷薇花气馨烈非常，故大食国蔷薇水虽贮琉璃缶中，蜡密封其外，然香犹透彻，闻数十步，洒着人衣袂，经十数日不歇也。"

你想想，阿拉伯帝国那边发货过来的香水，用蔷薇花提炼，透瓶香，几十步之外就能闻见；洒衣服上，十几天后还不散……这是什么样的威力？香水界原子弹爆炸的威力。

当时陈敬所著《香谱》中，曾列出许多香方，传入民间后，成为流行的香品，常被当作礼物，走亲串友，男女相亲，很受欢迎：恬静的单花型、优雅的混合花型、甜美的柑橘型、魅惑的香料型……如同不同气质的姑娘。

宋朝女孩的梳妆台上，已经出现了许多我们熟悉的东西：

铅粉，主要原料是铅和粟米。装在钵或丝绸包里，不少男人也用。当时有种女孩们喜爱的玉女桃花粉，用蚌粉、益母草等制成，常用此粉能令肌肤光滑，肤色粉嫩如桃花。一首名为《田家谣》的宋诗中说："中妇

江西德安南宋周氏墓出土的菱花形银胭脂碟

辍闲事铅华，不比大妇能忧家。"这户农家的二媳妇不如大媳妇更能为家里着想，为什么？因为她爱美啊，多忙也要化妆打扮。

胭脂，也是女孩不离手的东西，是用花瓣加猪脂、牛髓等淘出膏子。欧阳修有不少词写到了胭脂，如"好个人人，深点唇儿淡抹腮""浅浅画双眉，取次梳妆也便宜，洒着胭脂红扑面"。《梦粱录》里记录了一批"杭城市肆名家"，其中就有"修义坊北张古老胭脂铺""染红王家胭脂铺"等胭脂专卖店，它们业已品牌成熟，有了大批忠实客户。

画眉墨，女孩们早就不稀罕烧焦的柳枝、石黛那些破玩意了，而以一种特制的烟墨画眉。得用到油灯、小扫帚等，制作过程相当麻烦。南宋时，临安卖火了一种被称作"画眉集香圆"的香墨，抢都抢不到。古代画眉比画唇重要，审美意义浓厚，诗词中触目皆是，不单列了。

口脂，一般呈膏或管状——跟现在的唇彩或口红差不多，装在管子里。制造口脂的原料主要是蜂蜡，用紫草、朱砂染色。有词人就此随意成吟："宝奁常见晓妆时，面药香融傅口脂。"

面脂，即上面那句词里提到的"面药"。面部清洁后，涂抹一些面脂，除了滋润肌肤，还兼具美白、祛斑等功效。蔷薇水、茉莉油、

素馨油……都可与黄蜡调制成面脂。原料到处都是，花开时，一座城都被它们占领。

其实，卸妆水、指甲油、吸油纸、首饰、修指甲的小剪子、拔眉毛的小镊子……在宋朝女孩的梳妆台上一样也不少。比如指甲油，通常用凤仙花汁。周密的《癸辛杂识》中记载："凤仙花，红者用叶捣碎，入明矾少许在内……用片帛缠定过夜。初染色淡，连染三五次，其色若胭脂，洗涤不去……"

就化妆品的绿色天然这一项，我们已经败给了那些宋朝姑娘。

三十七、三白妆、珍珠妆，那种妆容你受得了吗？宋朝女子是怎样化妆的？

晓镜初妆玉粉，轻风暗递幽香。闲随月影到寒塘，忘却人间天上。

雪意空惊春意，孤芳已断年芳。从教驿使为伊忙，乞个寿阳宫样。

——〔北宋〕杜安道《西江月》

江南小调《茉莉花》的歌词云"又香又白人人夸"，是词中女子的传神写照。

容我们近前细看，那些我们听说过、没见过的宋朝妆容。

大家从电视剧里可以得知，宋朝有种"三白妆"。何谓"三白"？额头、下巴、鼻梁，这三处着重涂白，好比而今高光粉的用法，为的是局部提亮。

提亮后，有的会再贴珍珠面靥——用鱼鳔熬胶水，将珍珠粘在白白的额头和嘴角两边，模仿那种小酒窝——梨窝。宋朝人喜欢珍珠，认为这种温润的宝石更能衬托出人的文雅。珍珠的确更符合宋朝对美的理解，低调奢华，流传下来的宋朝十二位皇后画像中，就有八位画着珍珠妆，你说该有多流行？

胶水绿色天然，不毁皮肤，只要用水蘸一下，就能溶解，

〔宋〕佚名《四美图》

非常方便，粘性不错。那时的女孩可真会琢磨。不过，珍珠很珍贵，来自海边，一般只有皇族和贵族才用。而且行动时还是要小心着，没那么牢固，就算去看相扑比赛，也尽量不要太过兴奋，否则，"小酒窝"掉下来一颗，周围看他（她）们还是看你？

一般妆容的上妆过程跟今天的没多少区别，当然，也有其独到的地方：

1. 上底妆

宋朝多用铅粉打粉底，这有利也有害，有利是美白效果好，有害是恰恰铅粉害皮肤，用它怕不是饮鸩止渴？顾不了那么多了，千年下来，都知道一脸重金属害处大，可敌不过效果好呀。

除了铅粉，她们还用石膏、白鸽粪等制粉，跟现在削骨、垫鼻的

女孩子们一样，爱美爱得丧心病狂：要么白，要么死。所以后来除了铅粉都废弃掉了。

2.擦胭脂

宋朝人的眼光和当代人基本相似，主体审美偏清淡、清新这一路，所以，女子妆容较为素淡，腮红也是浅浅的。主要有：飞霞妆、檀晕妆、薄妆、慵来妆等。

飞霞妆：先浅擦，再用白粉盖，胭脂原有的红像披上了一层纱。飞霞嘛，飘飘忽忽，似有若无——这得有多淡？

檀晕妆：因用檀粉涂脸而得此名。檀粉是种浅粉红色的粉。

薄妆：即淡妆。

慵来妆：相传此妆为西汉成帝妃子赵合德所创，给人慵懒困倦之感。北宋诗人张先毕生都在写诗酒风流和城市生活，几乎不涉其他。他曾写过一首词，无意记录下了这种妆容：

> 堕髻慵妆来日暮，家在画桥堤下住。衣缓绛绡垂，琼树袅、一枝红雾。
>
> 院深池静娇相妒，粉墙低、乐声时度。长恐舞筵空，轻化作、彩云飞去。

——词里梳堕髻施慵来妆的这人美得都快成仙子了。

3.画眉

宋朝女子普遍画眉，有出茧眉、浅文殊眉、倒晕眉、长蛾眉、广眉……不一而足。

出茧眉：眉形比较短粗饱满，好像蚕蛾将要出茧的样子。古人谓蚕蛾出茧为喜事征兆。

浅文殊眉：依文殊菩萨的细眉，宋朝女子自创的一种眉形，纤长苗细，淡若远山。

倒晕眉：把眉画成宽阔的月形，然后在月眉的一端（或上或下）用笔晕染，由深及浅，向外散开。

长蛾眉：形状纤长，尾部略呈下挂状。

广眉：比较粗犷的眉，类似于男子的剑眉。

看下面欧阳修的这首《诉衷情·眉意》，请回答：他帮姬妾画的是什么眉？为什么画这种眉形？

清晨帘幕卷轻霜，呵手试梅妆。都缘自有离恨，故画作远山长。

思往事，惜流芳，易成伤。拟歌先敛，欲笑还颦，最断人肠。

4.涂唇

宋朝女子的唇妆，还是以小巧灵秀为上。为此，她们在粉妆时常常连嘴唇一起敷成白色，然后以唇脂重新点画唇形，唇厚者可以画薄，口大者可以描小。

苏东坡的红粉知己朝云是位地地道道的杭州姑娘，淡淡妆，天然样，很得夫君爱怜。东坡有一首《殢人娇·赠朝云》，叹知音，赞她的美：

白发苍颜，正是维摩境界。空方丈、散花何碍。朱唇箸点，更髻鬟生彩。这些个，千生万生只在。

好事心肠，着人情态。闲窗下、敛云凝黛。明朝端午，待学纫兰为佩。寻一首好诗，要书裙带。

——他特别提出朝云的"朱唇箸点"，可不是说她嘴唇的红色真的用筷子点的，而只是强调这种唇妆让嘴唇显得很小：没有涂满，集在中间。

5.贴花钿

花钿是额头的装饰，可以画上去，也可以将彩纸剪成各种形状贴上去。来源很早，南北朝时的花木兰卸下戎装，还马上忙着"对镜贴花黄"呢。其实还更早。

老感觉那个自沉百宝箱的杜十娘应该贴着花钿——它在美人额头，就像蹙着哀愁，在做出玉碎决定那一晚的刹那，明晃晃闪耀。

多情的词人怎么会放过这种情意绵绵的物件？

晏殊有一首《采桑子·石竹》：

古罗衣上金针样，绣出芳妍。玉砌朱阑，紫艳红英照日鲜。

佳人画阁新妆了，对立丛边。试摘婵娟，贴向眉心学翠钿。

——这位佳人非但女红好，还挺会化妆的，摘了花瓣，贴在眉心，学习贴花钿这种彩妆方式。珍珠妆就是贴花钿的变种。

女孩子化淡妆，惯低眉，加一点翠钿之类的小玩意儿，真是百媚顿生。

6.戴饰品

在方方面面，宋朝将淡雅和繁复结合得令人惊艳。

女孩们将梳头用的梳和蓖搞成饰品的模样，花网自然披垂如帘，行走间极具灵动之美，算是最早的额饰单品了。

她们常用的簪，那来历可就更早了——女孩爱美是天性，河姆渡氏族公社时期，聪明的原始人女孩就戴上了一种笄，用来挽头发，干活方便，感觉更新鲜、漂亮。簪由笄发展而来，用来绾定发髻，形状像长针。

钗由两股簪子交叉组成，以此挽发或把帽子别在头上，既方便，又出效果，简直可以以一当十。钗梁上，常镌有铺号和制作者的姓名，这样女孩们打听起来就方便啦，看看闺蜜戴着好看，叫她取下来，瞧瞧上面的文字，第二天自己头上就能出现——为什么？没耽误，当晚直奔那铺子去也。

〔南宋〕佚名《宋宁宗杨皇后坐像》

步摇是附在簪钗上的一种首饰，凤衔流苏是当时流行的步摇款式。"步摇上有垂珠，步则摇也"，走起路来，不时摇动……暗地妖娆，这可能就是宋朝女子想出来的"撩人大法"。

　　豆蔻梢头春色浅。新试纱衣，拂袖东风软。红日三竿帘幕卷，画楼影里双飞燕。

　　拢鬓步摇青玉碾。缺样花枝，叶叶蜂儿颤。独倚阑干凝望远，一川烟草平如剪。

谢逸一首《蝶恋花》，侧面介绍了步摇到底有多美。

7. 喷香水

无论搭配什么妆容，都要用到香水。这个我们前面已经讲过了。

这里有两点需要说明：手法好的话，三白妆、珍珠妆什么的其实很好看，古人的审美其实是在线的；还有，主要看脸。

河南白沙一号宋墓壁画中的化妆场景

三十八、宋朝官员上朝穿什么？他们脖子上的白圆圈又叫什么？

> 满城风雨无端恶，孤负登高约。佳节若为酬，盛与歌呼，胜却秋萧索。
>
> 菊花旋摘揉青蕊，满满浮杯杓。老鬓未侵霜，醉里乌纱，不怕风吹落。
>
> ——〔南宋〕扬无咎《醉花阴》

这需要从头说起。

在宋朝为官不易，就算国富民强，该尔虞我诈的尔虞我诈，该两面三刀的两面三刀，那些诡道，一点不比其他封建王朝少。所以，扬无咎借风雨感慨，说官场险恶，我老了，也并不怕丢官——不怕掉帽子。

扬无咎，文人画的鼻祖，画梅变黑为白，以墨笔圈线，名噪当时——

相传徽宗见其画梅，戏曰其所画之梅为"村梅"。其词游骋翰墨，也堪称一绝。因他自称东汉著名文学家扬雄之后，故其姓氏从"手"而不从"木"。就看他画梅清澈，以及几乎寓居了一辈子，浪掷轻看了乌纱就不足为怪啦。

话说回来，就那顶帽子，又大又沉，没个七级八级的风，想吹掉也不那么容易。

想起来了吧？就是那种——像帽子两边各插上一根如意金箍棒一样，摇摇晃晃……它的正式名称叫"幞头"。

因为实在容易出彩儿，所以，后来许多戏曲剧种都喜欢在帽翅上做文章。帽翅是文官纱帽上的一种装饰，大致分方翅（忠臣用，多老生）、尖翅（奸臣用，多花脸）、圆翅（昏官用，多丑行）三种，另外还有附属在相纱（宰相专用帽）上长长的扁担翅。戏曲演员耍帽翅称为"帽翅功"。耍帽翅完全由脖颈及后脑勺控制，需刻苦磨练方能运用自如，像头顶上的舞蹈，用法有单双颤、摆、扇、转等类，表示喜怒哀乐悲恐惊等内心活动。京剧麒派《徐策跑城》，就把个帽翅耍得出神入化，那场上殿的戏，差不多全都是为他颤颤巍巍的台步和哆哩哆嗦的帽翅功叫的好。

这种怪模怪样帽子的产生完全是个意

宋太祖像。头戴硬翅幞头，身穿绛纱袍，佩带用金或玉雕作装饰的金玉带銙，脚穿黑麻丝靴

头戴朝天幞头、身穿袍服的宋高宗

外：宋太祖当政时，大臣们上殿，经常交头接耳，不专心议政。宋太祖看了，心里着恼，可就像"杯酒释兵权"的做法一样，他喜欢拐弯抹角，柔软着办硬气事："想个什么办法，治一治这些家伙们呢？""嗯，得让他们保持适当的距离，没法走近彼此。"

于是，他苦思冥想，打起了帽子的主意——给他们统统换上了长、直、硬翅的乌纱帽，里面用铁丝或竹编固定，长度逐渐延伸，外面的帽身用纱漆涂抹。最常见的就是直脚幞头，一般为等级高的官员佩戴。等级低的官员官帽是用交脚幞头。

这下子可好了，大臣们要是再想耳语，已经不可能了——人未到，翅已扎，谁也不愿意被扎伤脑壳吧？简直就是一杆锐利的长枪啊，扎一下可不是闹着玩的。

一顶乌纱，多少人的梦，宋末的很多人却灭了这心思，厌倦，无奈，恨。东南文章大家戴表元，宋朝进士元朝官，到底因病辞归。一首《周东乡载酒冰溪上因游岳祠醉作》，表达的或是这种情绪：

> 葫芦城下草平沙，狼牙峰前溪吐花。
> 晴日路尘清野马，空林人语乱神鸦。
> 馋思火瓮生烧笋，渴爱山炉熟煮茶。
> 投老远游何所惜，为君欢坐岸乌纱。

——草绿花红，马儿悠闲，人在树木间说话，馋了吃火瓮里烧的笋子，渴了喝山炉中煮的野茶。我投奔朋友的这次远足真值啊，朋友们欢乐地坐在地上，我将乌纱帽丢在了岸边。

至于宋朝官员上朝的穿戴，应该和我们在电视剧里看到的差不多：乌纱帽、朱衣朱裳、白绫袜黑皮履、佩鱼袋。另外，六品以上的，内衬白色罗中单，腰里束着大带，挂玉佩或玉铏——六品以下的，这些零碎儿一概没有。异常醒目的是，他们脖子上都戴着个大圆圈。

圆圈很圆很大，很突兀，很多余，很难看，不保暖……这个东西，到底是什么？没点好处，要它干什么呢？

这个圆圈与圆圈下坠着的方形白罗，加起来称为"方心曲领"。其最初创意还是与宋太祖有关——

为使臣子们敬畏天地，敬畏皇权，他苦思冥想啊，又想出一个主意：官员上朝时要戴方心曲领。如果不戴……你试试看？

如此这般，一朝一朝下来，皇帝们都很满意：上圆代表天命，下方代表皇权；皇权就等于天命。哎哟，不错哦。所以一直沿袭，不得更改，在朝堂上，每个人的脖子上都必须戴上这个圆圈。

每次看到，都觉得还可以用一根绳子拴在这个东西上头。

三十九、宋朝百姓的穿衣打扮是怎样的？乡下和城里人穿的有区别吗？

> 百年过半也。怅壮心零落，鬓星星也。风儿渐凉也。近
> 中秋月儿，又初生也。田园暇也。嚺铄哉、是翁也。记当时，
> 弧矢垂门，孤负四方志也。
>
> 休也。牙签插架，玉帐持麾，总成非也。浮生梦也。皇皇欲、
> 奚为也。趁身闲、随分粗衣淡饭，一笑又可妩也。问神仙，
> 底处蓬莱，醉乡是也。
>
> ——〔南宋〕李曾伯《瑞鹤仙·戊申初度自韵》

严格说，李曾伯可真不算个百姓——南宋后期的名臣和名诗人，也是个耿直脾气急的主儿，曾经和有一万个心眼子的贾似道抗衡，吃亏很多。不过，五十岁后，他隐居起来。这个经历与辛弃疾有些相似，却比他前期幸运一些，至少得到了起用。他的诗风也学辛词，一些些慷慨激昂，一些些遁世无聊。

隐居就是老百姓。他雄心渐收，醉心田园，看以前那些波澜壮阔都是梦，满足于粗布衣裳淡茶饭，喝杯小酒，这才是以前看不上的好光景。

老百姓可不就是穿粗布衣？可是，"要吃还是家常饭，要穿还是粗布衣"，老百姓的苦一般人受不了，老百姓的甜你想象不到——富贵限制了你的想象力。

宋朝男人的服饰主要有这些款式：衣、裳、袍、衫、裥衫、直掇、襦袄、褙子、道衣（袍）、鹤氅、貉袖、蓑衣、腹围等。讲究的，一层套一层，穿起来麻烦，脱起来也不轻松，是个力气活儿。

襦袄是人们常穿之物，而襦袄区别不大，襦内袄外，差不多相当于秋衣和外套。上袄下裤，或上衫下裤，穿起来简单，是活动量大的人的普遍穿着。至于外边套着、披着的褙子、鹤氅之类，空空荡荡，类似风衣大衣，也有点像如今大妈们爱披的那种丝巾，照相拉风。黑或白色的短襦，衣身短，袖口窄，由粗布或麻布做成，名唤"筒袖襦"，适合干活穿，体力劳动者、隐士、道士等都爱穿。

都是袍，用锦缎做袍，那叫锦袍，有官位的人穿；用普通白布做袍，才称白袍，无官位的文人喜欢。柳永自谓"白衣卿相"，其实也是认领了自己的百姓身份，但话里自有文人的清高在。

其实，一个社会中最多的，还是中等人，比上不足，比下有余。宋朝的中等人也喜欢穿长襦或长袍，衣长到脚，上面绣着梅兰竹菊等，宽松舒适，走起路来，衣袂飘飘，很有风度，实际上很不方便，待人接物不方便，随身装点东西不方便，下雨天不方便，如厕更是不方便。于是，很多人开始想办法，尤其是北宋中前期，慢慢接受了北方少数民族服装的影响，袖口越来越窄，鞋子换成靴子，帽子换成毡笠，非常精干实用。冷眼一看，还以为是契丹人来了。街面上，这些带异域风情的短打扮与宽袍大袖共存，人们视作平常，一是留学、做生意的异域人真的不少，二是老祖先思想观念先进，善于"拿来"。

福州南宋黄昇墓出土的紫灰色绉纱镶花边窄袖袍

质地薄如蝉翼的宋代印花褶裥女裙

宋朝人在艺术和生活中都很有原创性，同时又容易接收有益信息，来丰富自己。这是颇具现代性的优点，所以宋朝审美高级，形成中国又一次的文艺复兴，不是没有原因的，点滴可鉴。

那时，士农工商，各行各业都有自己的职业装，不能穿错了，就连乞丐服都有规格，一旦穿得越过规矩，就会被下令整改。行业里也有细分，比如卖香的铺子里，店员就得戴帽子，背上披褙子；当铺里主事的，一定要穿黑衣，不能戴帽子……人们一打眼，便知道这人是干什么的。

至于那时乡下和城里人的穿着有没有区别，看诗便知：

昨日入城市，归来泪满巾。

遍身罗绮者，不是养蚕人。

北宋诗人张俞的这首《蚕妇》重写实，述而不论。"卖油娘子水梳头"，这是不容粉饰的现实，哪个封建王朝都有这种现象。或许与人性的悲哀和制度的落后相关，而那些已经不在我们讨论的范围之内了。就此打住。

四十、为什么宋朝男人也簪花？男人簪花都有哪些讲究？

秋晚霜初肃，江寒雾未收。西风吹老白蘋洲。长笛一声、谁在水边楼。

带绿枨（chéng）新破，真醇酒旋篘。簪花莫怪老人羞。直是黄花、羞上老人头。

——〔南宋〕袁去华《南歌子》

袁去华，这位诗人我们不熟悉，可一点不妨碍他的句子好——宋朝有才的人太多了。他说：

秋霜刚刚降下，寒江雾徜徉。西风把小洲上的秋草吹黄，忽听一声长笛，那是谁在水边楼上起了惆怅？

绿枨初初打开，醇酒才滤透。老人簪花别说他们不害羞，其实偏是黄花，黄花它害羞不愿簪向老人头。

警句在末尾："直是黄花、羞上老人头。"有自然界的秋意，也有人生的秋意。到底簪花还是年轻时簪更和谐，连花都知道这道理。有时老人簪花反觉凄凉。想想《红楼梦》里，刘姥姥被乱七八糟戴了一头花，心里不是滋味。

李清照有一首《减字木兰花》，描述了自己买花时的心理：

> 卖花担上，买得一枝春欲放。泪染轻匀，犹带彤霞晓露痕。
> 怕郎猜道，奴面不如花面好。云鬓斜簪，徒要教郎比并看。

——姑娘簪花，好看得俏皮，好看得爱情盛开。

女子簪花，男子也不例外；青年人簪花，老年人也不例外；发髻上簪花，帽子上也不例外。花朵都开在人头上，香气大雾般蒸腾，惊动万神。

杨万里有首《德寿宫庆寿口号十篇》：

> 春色何须羯鼓催，君主元日领春回。
> 牡丹芍药蔷薇朵，都向千官帽上开。

——这里说的，就是官员簪花了。

宋仁宗宝元元年（1038），那年的进士每人都得到许多花，他们当即戴上，言笑盈盈。二十岁的司马光却不喜华丽饰品，认为簪花"殊失丈夫之容体"，大意是：不像个男人。同学偷劝，最后，这位大直男才皱着眉头，勉强戴上了一小朵。本来双方都觉得没啥，这件事就这么过去了。不料，好脾气的仁宗终于在庆历七年（1047）一举发威，制定了规章制度：这花你戴也得戴，不戴也得戴！

九年啊，这反射弧也忒长了点。至此，不由想起司马光坚持亲自登门拜年的事，以及他针对发拜年帖成风说的"不诚之事，不可为也"，会再次觉出这个人认死理，特别轴——或者说迂腐得固执，他年轻自号"迂夫"，晚年自号"迂叟"，看来也知道自己的毛病，并且这毛病甚至连累了国家的某些决策，对外邦心存善念，却竭力打击政敌……可是隔了历史风烟看过去，水落石出的，还是人性栩栩如生。而仁宗的宽仁体恤、民贵君轻的思想也给人好感，尤其他身上那种温厚、隐忍的东西，是有悖于君王这个角色的。

这两人性格迥异，却都可爱，真是"相爱相杀"，纠缠了一辈子。

《宋史》记载，文人中举，朝廷会为他们集体举行琼林宴，官家讲话、吃完酒席后，乐声停止，开始赐宫中特制的花。得到皇帝恩典，哪个不觉荣耀？举子们风光无限。

至徽宗朝，男子简直无一不簪花。徽宗本人也是历代皇帝中最喜欢簪花的一位，出门必簪。

到后来，簪花步骤到了繁文缛节的地步，不但琼林宴、庆寿礼、郊祀大礼、恭谢礼、亲耕回銮时，官员们同样要接受赐花并当场戴上——回家也不能让家里人戴，只能你自己用。官方典礼结束后，大家想小范围聚个会都要簪花："别摘！一会儿咱们几个换个场子喝两杯。"你可以不簪，大家可以笑话你，也可以举报你。这么说吧，狱卒带犯人去刑场，还要按规矩簪花呢。

诗人姜夔有心，记下了满朝文武簪花过御街的情景：

> 万数簪花满御街，圣人先自景灵回。
>
> 不知后面花多少，但见红云冉冉来。

那场面，那阵势，那气场……壮观得都可以编入岳家军，去前线抗敌了。

朝廷赐花影响了世人的审美观，带动了民间男子簪花热潮，而形

传为南宋李唐所作的《春社醉归图》（局部）

成一道独特的民俗景观。

《水浒传》中有许多梁山好汉簪花的例子，杨雄"鬓边爱插芙蓉花"，浪子燕青"鬓边长插四季花"，阮小五"斜戴着一顶破头巾，鬓边插朵石榴花"，周通"鬓傍边插一枝罗帛像生花"，小喽啰们都"头巾边乱插着野花"，而刽子手蔡庆因为爱戴花，被称为"一枝花"……不簪花简直要被冷眼观瞧了。

春天时，他们时兴顶戴牡丹花，姚黄就是牡丹的一个名贵的品种，因为它颜色明黄，被认为只有皇帝才能配戴；夏天时兴顶戴莲花；秋季时则插戴菊花；冬季时插戴梅花……哪个季节什么花"发起暴动"，就喜欢簪什么花。

这么说吧，文人敷衍的对农历十二个月的雅称——正端二花三桃四梅五蒲六荷七瓜八桂九菊十阳十一葭十二腊，其中凡是以花命名的，宋朝男人能对应着戴就不让脑袋空着。

因为真花保质期短，所以可以戴"象生花"，就是假花，并多有涵义。比如，御赐花朵的料子、数量……因官员品级的高低而不同：罗花等级最高，绢花次之，颜色多为红、黄，鲜艳，热烈，都不错，与氛围相配。

簪花是件小事，不簪花，完全不影响活着。它是个软的、额外的东西，是细节，是依照天性而活。社会氛围是不是宽松，广大民众是不是活得舒服，理应成为社会文明程度的基础指标。试想，如果剔除掉簪花和类似的小事情，大宋的繁荣、浪漫、温暖、清朗、开明、自由……还剩下多少？

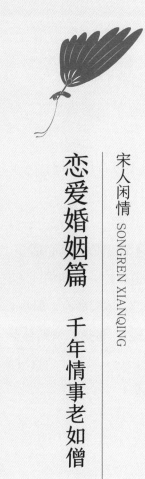

宋人闲情
SONGREN XIANQING

恋爱婚姻篇　千年情事老如僧

爱情和死亡，人类永恒的主题。

死亡是黯淡的，虽说在僧侣那里是另一种永生，但最多给人以内心相对的平静。

爱情则不然，它美得不可言说，而让人又使劲言说。词言情，这种体裁天生适合这种题材。

一本宋词集，就像如今的一个游戏——真心话大冒险：一圈人团团坐，各自说出自己平时不说出口的真心话。

词是爱情天空上的一道彩虹。宋朝的词人有福了。

人生就是来世上走一遭，体验所有。那些心动、相思、结合、离开，都有价值，都是青春的纪念；那些极致的体验、寻常的温暖、勇敢无惧的追求、细节烦琐的规矩……无不凝结着对爱情珍惜、珍重的心意，都是上天予人的不移的慈悲。

宋朝人有福了。

四十一、宋朝的情人节是哪一天？"媒妁之言"要怎样理解？

去年元夜时，花市灯如昼。月上柳梢头，人约黄昏后。

今年元夜时，月与灯依旧。不见去年人，泪湿春衫袖。

——〔北宋〕欧阳修《生查子·元夕》

欧阳修这几句写得漂亮，里面的爱情漂亮，人物想必也是漂亮的。

因为这首词太深入人心，传阅量、转载量就算占不到全宋词的前十位，也够前一百了。

〔南宋〕李嵩《观灯图》（局部）

两宋的民风开放程度令人惊诧。当时的小哥哥会递帖子，邀约心仪的小姐姐，在上元的晚上出来，到某个风景佳的幽僻地约会——"月上柳梢头，人约黄昏后"。由于上元灯会持续好几天，且街头的各种表演通宵达旦，所以，一些玩疯了的青年男女甚至会彻夜不归。当然，对于失恋的人儿来说，这一天必然是个心酸的日子——再到约会地，那人早不见了，自己只有偷偷哭一场的份儿。

此外，"单身狗"们在这一天更是不甘寂寞——一年仅有一次的绝佳机会啊，可不能白白错过，错过就要再等一年！……不行、不行！

这相当于举办一场盛大的相亲会。跟别的朝代类似活动有所不同的是：宋朝的相亲会是在晚上举行。晚上好啊，晚上更有谈情说爱的气氛。

年轻人早早穿上簇新的衣服，花儿戴得俏俏的，脂粉抹得香香的，打扮起来，可谓男帅女靓。他们结伴而出，以看花灯为名，到处走街串巷，目光灼灼，都盼望着能够"众里寻他千百度，蓦然回首，那人却在，灯火阑珊处"。

要想学习怎样谈恋爱，宋朝的老祖宗能帮你忙。

较之七夕，元夕更像古代的情人节——七夕又是牛女拆散又是一年一见的，活脱脱一出苦情戏，元夕则天生眉目含情甜津津。《大宋宣和遗事》中有这么一句，说元夕"那游赏之际，肩儿厮挨，手儿厮把，少也是有五千来对儿！"

人群中肩并肩、拉手手的情侣，竟然这么多！虽是夸张之词，但宋朝开化之风、灯会之盛呼之欲出。

所以，如果生活在宋朝，女生如果要让男朋友发个"520"的红包以表心意，不宜选在七夕节，上元节比较合适，因为这一天才是真正意义上的中国情人节。

这一天发生爱情故事的应该有太多对儿了。宋朝是诗词盛行的年代，元夕自然也成为了诗词的主要主题之一，里面不但有晏殊、蒋捷、刘克庄等男诗人的慨叹，更有李清照、朱淑真、张玉娘等女诗人的心声。

宋词与元夕、与爱情最相配。宋词里，元宵词数量最多，遗憾和泪水也最多。

佳节在即，李清照说：

　　落日熔金，暮云合璧，人在何处？染柳烟浓，吹梅笛怨，春意知几许？元宵佳节，融和天气，次第岂无风雨？来相召、香车宝马，谢他酒朋诗侣。

　　中州盛日，闺门多暇，记得偏重三五。铺翠冠儿，捻金雪柳，簇带争济楚。如今憔悴，风鬟霜鬓，怕见夜间出去。不如向、帘儿底下，听人笑语。

——词中，作者谢绝了元夕朋友的邀请。

谢绝的原因，由三层铺叙道出：傍晚晴好，望远皆悲；佳节热闹，心绪冷漠；天气和暖，但疑风雨。总之，一切。诗人在汴京过了多年的上元节，如今老在临安，却还记得：打扮济楚的女伴相约着，夜色中出门游玩，街上热闹极了。

最后几句是克制着说的："老了，不像样子，出去被人耻笑"是一层意思；"病病歪歪，懒得动弹了""老大而失爱，出去会备感孤单""大场面见过了，如今怎么比得上以前啊""去家千里，落了单的飞鸿有什么心情玩乐呢？"是另外几层意思。

"意思"和"意思"是不断头的，像景深长镜头。一个《永遇乐·元夕》，写得如同悼词，悼念过去的好时光。

　　肥水东流无尽期，当初不合种相思。梦中未比丹青见，暗里忽惊山鸟啼。

　　春未绿，鬓先丝，人间别久不成悲。谁教岁岁红莲夜，两处沉吟各自知。

上面这首，是姜夔的《鹧鸪天·元夕有所梦》。

他年轻时结识了合肥艺伎姐妹，与其中的姐姐相爱了。遗憾未能长相守，情意始终在心。元宵夜里这个梦激活了往日欢悦，以及离散后留下的思念。

"人间别久不成悲"，每逢元夕，身居两地的情侣便尤其思念，默默沉吟，孤独迷茫，岁岁年年不尽轮回，真是苦海无边。

元夕容易惹人愁，是对失爱者来说，里面不乏中老年。对渴望遇到心上人的青年来说，元夕是蜜糖。然而这种自由恋爱式的相亲固然甜蜜，可毕竟带有很强的不确定性。宋朝的家长们更喜欢稳稳当当的方式方法，"父母之命，媒妁之言"。这种传统礼的要求，在宋朝成了法律规定。

"媒妁"并不能简单地理解成"媒婆"，而更多地体现为郑重的仪式感。宋朝婚姻关系的成立，《户婚律·婚嫁妄冒》中，将"父母之命，媒妁之言"的下一步解释为"聘则为妻"。这个过程非常严谨，先以媒人为中介，接着父母出面，操办婚事典礼，他们的婚姻才在法律上予以承认。在此之前，新人对于自己的婚事是有很大自主权的，绝不是全然由父母或媒人说了算。如果一方悔婚，同样存在"依法"解除，否则就被视作违法行为。

宋话本《闹樊楼多情周胜仙》中，讲述了一个"女追男"的故事：东京有个女孩周胜仙，一天，她去茶坊，遇见令她心动的范二郎，两人"四目相视，俱各有情"。周胜仙自思量道："若还我嫁得一似这般子弟，可知好哩！今日当面挫过，再来那里去讨？"于是主动向心上人透露："我是不曾嫁的女孩儿。"勇敢地追求自己的幸福。

女性的地位和唐朝差不多，特别是北宋，那时程朱理学还刚刚起步，女性还是有一定地位的，如著名的"河东狮吼"，男人给骂得手杖落地，被苏东坡写诗打趣。所以出嫁前的女孩子一定不是"男尊女卑"那种德性的，否则她吼不起来。

女孩子们行动起来很大胆，而宋朝的相亲大会可不止一个元夕，其实还有"榜下捉婿"。

四十二、宋朝的"榜下捉婿"是什么意思？为什么相亲大会上老人也走俏？

读尽文书一百担，老来方得一青衫。

媒人却问余年纪，四十年前三十三。

——〔南宋〕韩南老　阙题

这个老头，七十多岁，那时算土埋半截子的人了，因为榜上有名，也被"绑"来相亲。年华过了，尚有机会。喜耶悲耶？莫可名状。于是，他将将白胡，苦笑着写了这首诗。

对宋朝的女孩子来说，"榜下捉婿"是个找对象的上好机会。

科举发榜时，榜下看成绩的不仅只有考生，还有一帮榜下捉婿的壮汉。在这一天，如果有人喜不自胜口中直念自己名字，那趁机搭话的就多了去了：确定身份名次，家中婚娶未有……要是一个单身冒出来，一圈人眼珠子都要瞪飞出去的。

据说那一天的成功率极高，所谓一日之间"中东床者十八九"。南宋洪迈总结出人生四大喜事："久旱逢甘霖，他乡遇故知。洞房花烛夜，金榜题名时。"简直是真理。发榜那一天，虽然还不是洞房花烛夜，但……约等于吧，早晚的事。一天就占了两件人生至喜，你说幸福不幸福？

读书人不容易，十年或几十年寒窗苦读，才能换来一句："中了！"那才是千军万马过独木桥。过了这个桥，就野鸡变凤凰；过不了这个桥，

〔南宋〕刘松年《山馆读书图》（局部）

就眼看着凤凰落地不如鸡，一生基本到了头。

考中进士，大约相当于现在考中博士，反正到顶了。不要说进士，就是考上类似硕士的举人，也已经一脚踏入仕途，春风得意。

有位新晋进士，因为相貌出众在揭榜当日成为哄抢对象，为了抢婿成功，有位富商出动了十多个家丁，不管三七二十一，将其半推半拽拥回府。

这位嫁女心切的老父亲开门见山，拱手道："小官人，见谅了！老拙膝下无子，只有一个女儿，从小被视若掌上明珠，粗通文墨，长得也算标致，如今有心聘与官人为妻，不知官人意下如何？"青年深鞠一躬，回答道："在下出身寒微，感谢员外抬爱，至于婚嫁之事……等我回家与拙荆商量一下，如何？"引得举座皆笑，一时传为趣闻。

原来，这位举人虽然年轻，却早已娶妻生子，莫名其妙被捉了婿，本非他所愿，只能用这种方式化解尴尬，礼貌而不失幽默。

粗缯大布裹生涯，腹有诗书气自华。

厌伴老儒烹瓠叶，强随举子踏槐花。

囊空不办寻春马，眼乱行看择婿车。

得意犹堪夸世俗，诏黄新湿字如鸦。

苏东坡送别好友，《和董传留别》。写此诗时，他刚罢了凤翔府（今陕西凤翔）签判（相当于现在的办公室主任），前往汴京，途经长安，见到董传。董传与东坡相识于凤翔，生活条件很差，想好好复习，参加科举考试。东坡鼓励他，只要才华尽展，就会被榜下捉婿的那帮人包围，眼都要挑花了的。最后一联直接送上祝福，希望他能金榜高中。

榜下捉婿不仅限于民间，在高官中也比比皆是——高官也是人呐，也会有女儿，也爱女心切。神宗朝，进士蔡卞被宰相王安石火速纳为女婿，欧阳修当年才华初显，刚有中进士的希望，就被恩师胥偃预订为婿，而北宋宰相王旦、寇准都干过"捉婿"的事。

真宗朝，有个河北举子名叫范令孙，那一期他荣登甲科，是少见的青年才俊。恐怕他"飞"了，于是近水楼台先得月，宰相王旦顺势"拿下"，双赢。

有位名叫高清的新科进士，才华与品学平平，还是成为了抢手货，被宰相寇准"捉"走，做了自己的侄女婿。然而婚后不久，女方不幸去世。可还不算完，另一位宰相李沆又着急忙慌地将女儿嫁给了他。因为他貌似一切都不怎么出色，还能两度"中彩票"，就奇了怪了——想来还是有高出众人的优点吧。时人戏称他为"天子门生宰相婿"。

当然，也有条件很强却捉婿不成的。高宗朝，"北宋六贼"之一的蔡京也玩榜下捉婿，当时他权势炽盛，是个一人之下万人之上的角儿。他本是治国奇才，然而结党营私、贪赃枉法等恶名早在坊间私下传开。他想把女儿嫁给十七岁的新科进士傅察，但傅察生性刚直，爱惜自己的羽毛，不慕强权，即刻拒绝。虽然蔡京心里窝囊，脸上还要笑嘻嘻。大权臣让小小学子给了没脸，也算"捉婿界"的一则丑闻了。傅察三十七岁使金以身殉国，蔡京八十岁下台活活饿死……两人根本不在一个维度上，是成不了一家人的。

也有人不因这不为那，就是单纯地想把握自己的命运，而一口回绝了皇室宗亲的——早先宋仁宗时期，宠冠后宫的张贵妃的叔父看中了刚刚及第的冯京，想把他捉到家中做女婿，还说是可以搞个名头，请仁宗下旨，"奉旨成婚"，又许下丰厚的嫁妆，体面又实惠，但冯京愣是拒绝了。好酷啊。

在榜下捉婿这件奇葩事上，的确男人不着一字而尽得风流，宋朝再开化，对于男人来说，还是更沾光的。

按照古人的理念，女子十五及笄，也就是成年，可以谈婚论嫁了。如果过了几年还没嫁出去，家长会着急，有条件的人家还会搭彩楼，用抛绣球的方法招婿。为了一睹佳人美貌，也想看看是哪个幸运儿被砸中，许多人会来现场之外、圈出的地盘上观看。求婚者聚集在楼下，仰着头，苦苦等待女孩子的出现，心中不断祈祷。

这个方式太冒险，还不如榜下捉婿呢，那至少能见到人，知道才学大小。指腹为婚的危险程度也不过如此了。

四十三、宋朝少女出嫁总共分几步？那时真的嫁不起女儿吗？

珠帘绣幕蔼祥烟，合卺嘉盟缔百年。

律底春回寒谷暖，堂间夜会德星贤。

彩轺牛女欢云汉，华屋神仙艳洞天。

玉润冰清更奇绝，明年联步璧池边。

——〔南宋〕姚勉《新婚致语》

这首诗，全是吉祥话儿，出色谈不太上，实用，如今随便摘出两句，凑成婚礼贺词都蛮好的。作者姚勉人特别好，中状元后，立即上书，执意将科名让给屡试不第的老师乐雷发，把宋理宗感动得不得了，特召乐雷发上殿亲试，并赐特科第一。品格一流，诗文典雅，书生气十足，就是这样一个人，四十七岁就因得罪贾似道郁郁而终。

在任何朝代，结婚都是一件大事、喜事，值得祝贺。女孩子出自己家，到别人家长期生活，内心几乎天翻地覆，所以据说结婚前的压力之大，排在当代压力值的前几位。

宋朝结婚前的流程也卡得很严，需"三书六礼"，"三书"指在"六礼"过程中所用的文书，包括聘书、礼书和迎亲书，"六礼"指从议婚至完婚过程中的六种礼节，即：纳彩、问名、纳吉、纳征、请期、亲迎。

1. "纳彩"时要送大雁

纳彩的"彩"，跟如今的彩礼是一个意思，但还不是真正的彩礼，只能算见面礼。

纳彩时，人们喜欢送大雁。为什么呢？有两种说法：第一种觉得雁这类候鸟南北迁徙，是顺乎阳阴来往的小动物，用雁纳彩，代表顺乎阳阴之意；另一种觉得雁失配偶，会终身不再成双，代表着忠诚。如纳彩时搞不到雁，还可以用鹅来替代。纳彩通常在婚礼前一个月举行。

2. "问名"须过语言关

所谓"问名"，即互换草帖，上面写着双方的生辰八字、籍贯，曾祖、祖父、父亲的官职，母亲的姓氏等，反正将隐私统统写上。女方还要写上嫁妆大致是什么、有多少等。

媒婆在操作这项礼仪的过程中，要找算命的来算一算，两人生辰八字什么的合适不合适。如果大吉，皆大欢喜，交换细帖；如果不吉，忍痛割爱，尴尬而别。

女方家长会特别在意籍贯，因为涉及到语言交流，还有怕不能朝夕得见，所以家长不想孩子远嫁，最好嫁给邻居。有人还把家长们的这个愿望写进了诗里——想得美，哪会那么巧。

3.“纳吉”讲究仪式感

至此，都是大人们在忙活，当事人还没有见面呢。于是，“纳吉”——相亲环节安排上。等于古代版的《非诚勿扰》。

互换细帖后，由媒人安排，让男女嘉宾见一面，看是否满意。如果彼此都满意，男嘉宾就下聘书——聘书是指双方正式缔结婚约。同时男嘉宾要将金簪插在女嘉宾的头发上。若是不中意，聘书就悄悄藏起不送，而是留下一截彩缎，叫作“压惊”——给人家女嘉宾压惊。人家被挑被选的，忙了半天，还被退货，能不惊吗？还恼呢。用段布料赔个罪是应该的。

4.“纳征”定纳高礼金

男方到女方家里下聘礼叫纳征。这需要附着个礼单子，叫礼书。礼书上，除了钱财，还有女装、首饰、绸缎、茶、酒等物品，额度很高，但并非“来而不往”的单边大冤种——男方送女方家厚实的彩礼，

〔南宋〕银鎏金花卉纹钏镯

女方家要购置更加丰富的嫁妆，也要附着个嫁妆单子。

至此，婚约才算正式定下来。

宋朝人并不是娶不起，只是嫁不了。苏辙为了给孩子购置嫁妆，特意卖了他在河南新乡购买的一块好地，凑了"九千四百缗"钱嫁女，他在日记里写："破家嫁女。"

九千四百缗就是九千四百贯，我们前边算过，北宋一贯钱的消费力折算今日的七百多元，换句话说，苏辙给女儿购置的嫁妆折算今日七百多万元。

湖北黄石河口镇凤凰山南宋吕氏墓出土的镂空双鱼纹金帔坠。鲤鱼为宋代婚俗的吉祥物

嫁妆只归准新娘一人所有，她的丈夫公婆无权使用，若是和离，她可以带走自己的所有嫁妆，定亲时的细帖就是嫁妆具体数目的证明，这也算是她的婚前财产公证了。

5. "请期"还要送大雁

别急，到这里还有第五步程序——请期。就是说，男方家择定婚礼的时间，备礼告知女方家，并征求其意愿，民俗别名"提时日"。

这道程序非常简单，但还要占卦，还要送礼物。送的礼非常简单，一般还要大雁。嘿，大雁招谁惹谁了？

定下日子后，准新娘就要闷在自己的绣楼里，一针一线，绣出自己与女红有关的全套嫁妆。一般这套东西不会太少，所谓"十里红妆"。当然，也可以提前准备，跟人家许多少数民族姑娘一样，从懂事开始就着手。

6. "亲迎"步骤很烦琐

"三书"中的最后一个——迎亲书，此刻才隆重登场。

亲迎礼是古往今来婚姻中极为繁缛的典礼，又总在微调中，细节上没有一定之规。但不管如何变，总的说来，还是分为两个大类的不同阶段：

第一类是亲子关系的确定。例如新娘子在婆家的"认尺寸""倒酒""献茶"等；

〔北宋〕定窑黑白釉四抬花轿

第二类是对新人的一些祝福，以及祝福基础上的打趣。如"献四喜汤""迎轿""下轿""祭拜堂""行合卺礼"等。

至此，"三书"即递，"六礼"完毕，一对有情人终成眷属。

晚岁归隐武夷山的南宋词人袁长吉写过一首词——《水调歌头·贺人新娶，集曲名》，是祝贺别人迎亲的应酬之作，句句不离词牌名——风光好、绮罗香、月圆夜、贺新郎……却意外地天真自然，比本篇开头所引还要好，还要喜气盈盈：

紫陌风光好，绣阁绮罗香。相将人月圆夜，早庆贺新郎。先自少年心意，为惜婵人娇态，久俟愿成双。此夕于飞乐，共学燕归梁。

索酒子，迎仙客，醉红妆。诉衷情处，些儿好语意难忘。但愿千秋岁里，结取万年欢会，恩爱应天长。行喜长春宅，兰玉满庭芳。

——这一番长短句的大风，刮得真是"兰玉满庭芳"。最宜祝福。

四十四、宋朝的婚礼流程是如何安排的？为什么时称新郎新娘为"红男绿女"？

> 金华门外泥京尘，乌石山前结帨巾。
> 翁婿相看冰映玉，庭闱一笑颊生春。
> 昔言尔尔嫌随俗，今唤卿卿喜有人。
> 来岁梦兰叶佳兆，犀钱玉果出娱宾。
> ——〔南宋〕王迈《贺同年林簿同卿龟从新婚》

　　朋友结婚，赠诗为贺，双方都是解得风情的人呐。但见周围环境，洁美整饬，一切都洋溢着欢乐，老岳父和女婿都看对方很顺眼，开怀一笑，就像脸颊上春天来了。现在朋友你不再是单身汉，孤孤单单和大大咧咧、什么都不在乎的日子过去，再叫"亲爱的"这情意绵绵的称呼有人答应了。因为梦见兰花的吉兆，明年一定会生个大胖小子、大胖闺女的，活泼可爱逗着玩，多好！

　　让王迈这一说，心里痒痒的：如果结婚这么好，谁还不想结个婚呢？

　　苏轼与王弗结婚时只有十九岁。十九岁的苏东坡啊，眉州小伙正肾上腺素爆棚。烛下看新娘美艳，心中欢喜，便借鉴前人诗句，写下了《南乡子·集句》，每个字都是对妻子的爱慕和兮兮兮：

> 寒玉细凝肤，清歌一曲倒金壶。冶叶倡条遍相识，争如，

豆蔻花梢二月初。

年少即须臾，芳时偷得醉工夫。罗帐细垂银烛背，欢娱，豁得平生俊气无。

——凡是经历过宋式婚礼的，怎会不永生难忘呢？后来，王弗去世十年，东坡还梦到"小轩窗，正梳妆"。是那时的记忆吧？

记得宋元话本《快嘴李翠莲记》吗？迎亲到女方家，先生要念首诗，到男方家门口，也要念一首。话本开头说："昔日东京有一员外，姓张名俊……"北宋始称东京，可见上下轿念诗大概率是北宋时的事。

举行婚礼前，新娘双脚不能沾地，要踩着青色地毯走进新房，坐在床上，等待婚礼仪式的到来。

婚礼仪式开始，一对新人被拥到堂前，朝当日喜神的方向站定。拜香案，拜双亲。阖家大小都见过了，听先生继续念诗——新郎在前，新娘在后，先生捧着五谷随进房中，而后新人坐床，先生持五谷，念：

撒帐东，帘幕深围烛影红。

佳气郁葱长不散，画堂日日是春风。

撒帐西，锦带流苏四角垂。

揭开便见嫦娥面，输却仙郎捉带枝。

撒帐南，好合情怀乐且耽。

凉月好风庭户爽，双双绣带佩宜男。

撒帐北，津津一点眉间色。

芙蓉帐暖度春宵，月娥苦邀蟾宫客。

总之，他会将东南西北、上中下、前后，统统"撒"一遍才算完。这些词不固定，编得合辙押韵，好听就行。

撒帐之后，便是合髻，新郎在左、新娘在右，两人各取一绺头发用绸缎捆在一起，表示夫妻从此白头偕老、命运与共。

非常特别的一点是，宋朝人结婚，讲究"红男绿女"：男方一身深绛色（即深红色），女方则一袭绿袍，看起来很"违和"。北宋时，女子婚嫁服饰基本沿袭唐代形制，色彩也大致与唐朝相同，以深青色为主，大袖，下着长裙，外披霞帔。宋朝后期，封建礼教相对严格，女子婚嫁也开始从夫色，才出现了红色的女子结婚礼服。

不过，宋朝人也可以知足了——比起前面几个朝代还是好多啦，自周朝开始至秦汉，婚礼上，新郎新娘都是一身黑，严肃得不像办喜事。

四十五、宋朝有离婚一说吗？如果有，是协议还是打官司？

红酥手，黄縢酒，满城春色宫墙柳。东风恶，欢情薄，一怀愁绪，几年离索。错，错，错！

春如旧，人空瘦，泪痕红浥鲛绡透。桃花落，闲池阁，山盟虽在，锦书难托。莫，莫，莫！

——〔南宋〕陆游《钗头凤》

世情薄，人情恶，雨送黄昏花易落。晓风干，泪痕残，欲笺心事，独语斜阑。难，难，难！

人成各，今非昨，病魂常似秋千索。角声寒，夜阑珊，怕人寻问，咽泪装欢。瞒，瞒，瞒！

——〔南宋〕唐琬《钗头凤》

单论阅读量，陆游的这首《钗头凤》肯定超过了唐琬的，若说血泪量，还是唐琬付出的代价更大——离婚之后，沈园偶遇，见陆游题壁，柔肠百转，辗转几番，她抑郁而死。

宋朝是个奇妙的时代。这表现在社会生活的方方面面，其中就包括离婚自由这一项。

按理说，宋朝兴起程朱理学，于离婚这件事上，把控应该更加严格才是。可事实上，婚内女子离婚和再嫁一点也不难，不但法律支持，社会各界人士对此也相当宽容。

在宋朝，许多长辈积极支持女性离婚或改嫁。比如，陆游和唐琬的离婚，就是在陆游母亲的拼命搅和下导致的。虽说在家人支持下唐琬另嫁，还夫妻和睦，但一见到陆游就又"疯"了——两人都"疯"了。

离婚再结，在当时其实不算什么丢人事。被分开又忘不了，唐琬的绝望就像在机场等待一艘船。这东西杀死了她。

还有个例子，包拯的儿媳妇因为丧夫，她的父母也劝她改嫁："丧夫守子，子丧孰守？"可见民间婚姻风气的开明。

这也许是有样学样的结果——在大宋王朝中，有几任皇后都是通过改嫁才成为皇后的，同一时期，也有几位公主多次改嫁。

宋朝法律规定："夫外出三年不归"，妻子可以改嫁。这对女子来说是非常友好的，可以在离婚过程中占据主动。

同时，宋朝法律对离婚方式的制定很明确，主要有七出、义绝、和离三种：七出是传统离婚方式，主动权掌握在男方手中；义绝是强制离婚方式，当夫妻间的伦理关系遭到严重破坏时，法律可以强制离婚，比如丈夫将人家的父母杀了，不离婚留着过年吗？和离属于协议离婚，如果都觉得感情破裂，没法继续了，双方都可以提出离婚。比如，武大郎以跟不上潘金莲的进步速度为由提出离婚，这个可以有；潘金莲以武大郎太热衷事业不顾家为由提出离婚，这个也可以有。大家都有提离婚的权利。

唐朝离婚时兴写放妻书(离婚证书),措辞温雅、体面,"一别两宽,各生欢喜"就是里面的摘句。宋朝沿袭下来。而发放妻书时,两边的父母、亲戚还要最后聚一次,作为共同见证人。这在当时成了惯例。

非但不写小作文在网上"撕"了对方,夫妻相离不出恶声,还祝福对方,正是文明的表现。

也有例外:就是那个写谜语诗出神入化的朱淑真,因为父母做主,丈夫选择得仓促,性格不合,加上些其他原因,她坚决要求离婚,那个人也有意思,坚决不离——他不放手,就这么拖着。直到朱淑真回到了娘家,长期居住,仍不撒手。

这种休婚不是离婚,有点像婚姻的休眠,无限期冷暴力,所以,后来朱淑真与出嫁前的前男友偶遇、进而复合的时候,那么多男人表示愤慨——这不就是婚内出轨吗?

才女李清照也收到一箩筐恶评。有位评论家叫王灼,此人堪称宋朝第一"键盘侠"(指爱在网上对他人进行道德批判,但现实中却胆小怕事的人),同时代所有像样点的文化人就没有他不喷的。他骂人的水平比较高:先是高度赞扬了李清照的才华,将其捧到至高点上,然后开骂。欲抑先扬嘛。

为什么被一个不相干的人骂得那么惨?

想当年,李清照孤独苦闷,流落在临安,禁不住一个人的穷追猛打,和他结了婚。

这人就是张汝舟,也是赵明诚的朋友。当他发现他们夫妻积累的书画珍玩已经丢得差不多时,就露出了真面目,冷眼相待还家暴。最终,李清照无法忍受,又发现他考试作弊,实在厌恶,不想再看见那张脸,就状告了他,并提出离婚。

李清照像

不过，因为李清照在当时也算知名文化人物，且朝中有亲友相助，所以最后只在狱中待了九天便被释放出来了。

需要说明的是，不少人对李清照的九天牢狱之灾存在误会，以为是离婚造成的，由此推断，宋朝离婚，不管有理无理，女子都要坐牢。不是的，只有状告丈夫才要坐牢，与离婚无关。除了后期有朱熹他们企图给大众的脑子缠上"裹脚布"，大宋的离婚制度没毛病。

这就对啦，古人是古，不是缺心眼儿，我们能想到的利害，他们早想到了。客观地看，宋朝是一个人味儿很浓的时代。

四十六、为什么宋朝剩女那么多？剩男也那么多？

> 杨柳回塘，鸳鸯别浦，绿萍涨断莲舟路。断无蜂蝶慕幽香，红衣脱尽芳心苦。
>
> 返照迎潮，行云带雨，依依似与骚人语。当年不肯嫁春风，无端却被秋风误。
>
> ——〔北宋〕贺铸《踏莎行》

贺铸写花，也写人；惜花也惜人：荷花误了花期，美人误了嫁期。当然，他也惜自己：长期屈居下僚，自己误了干事业的最好时光。

这位相传身高两米二、脸色铁青的汉子，一辈子老是写这些又美又伤的句子。他这么有才，当了皇宫警卫，又被调走看守军械库，四十年在七品之内转悠，近六十岁方退居乡下，不抑郁才怪。

虽说在词里譬喻来譬喻去，但有个事实不容置否：大龄剩女很多。

像贺铸词中所叹惋的，"当年不肯嫁春风，无端却被秋风误"的女孩，在两宋一抓一大把。

北宋开始流行女方带丰厚嫁妆结婚。很多家庭出不起嫁妆钱，不少女孩因此耽误了，甚至到三四十岁还嫁不出去，有的只能做妾，或流落城市做歌女、娼妓，或入道观庵舍……那叫一个惨，只有更惨，没有最惨。

理学代表程颐的女儿就是这样被落下的——好端端的一个才女，到去世时都还是单身。

至于为什么剩男也那么多，完全是恶性循环的结果——女子要嫁读书郎，郎就拼命读书。女子榜下捉婿，男子怎么着也得上榜啊，奈何名额有限，独木桥下怨鬼多，一次次二战三战……一股子考不上就活不了的架势。到铁树开花，人也上了年纪，如果再不识风月一点，可不就剩下了呗。宋朝的读书郎就算再努力，乌纱帽就算再多，也经不起全天下的男人一起去抢。

其实，除了女孩们要求高，女孩们的家长要求更高，毕竟女儿是自己的心头肉、小棉袄，疼爱她，希望她幸福。所以，宁肯在选择时睁大眼睛，多等几年，正好趁这时间咬牙凑嫁妆，有朝一日，女儿风风光光嫁出去，到婆家也有底气。

最重要的，是历史大背景的缘故，使得女孩及其家长执意要等读书郎。宋朝之前，是换皇帝比女人换新衣还频繁的五代十国，许多皇帝还没坐热乎龙椅，就被武将给"咔嚓"了。宋太祖也是用同样的方式登上皇位的——黄袍一披，就闭眼杀人。因此他深深地知道武将的厉害，对他们，心头的忌惮和畏惧一样多。他怕下一个"赵匡胤"，怕自己在梦中不知不觉掉了脑袋。

与武将不同，文官整天跟文字打交道，中举后，不少人要先去修志书，在刻板的规矩中，修成严谨乖顺的习惯，而后再怎么折腾他，他也就那样了，奴性跟定他了。就像孙猴子再怎么大闹天宫，经过这样那样被"修理"，最后还是跳不出如来佛的手掌心。

因此，宋太祖削弱武将的地位，大量重用文官，还开了"刑不上大夫"的先例，甚至不能判处文官死刑。而狄青、岳飞那些名将又得到了什么呢？

宋初扩大文官规模，机构臃肿，人浮于事，常常一个官位有两三个人同时担任，昔日的举子们在班上打瞌睡混日子，都忽略不管。政府过分的恩宠更刺激了男人们，让他们对科举趋之若鹜，而后"学而优则仕"，这个资本就可以吃一辈子啦。

好东西不用做广告。于是耕田的啃书本，磨豆腐的啃书本，卖药的也啃书本。一时间，全民科举，无暇分心——结什么婚呐，自己还顾不了自己，怎么也得先立业后成家呀，只要考中进士，做了官，面包会有的，牛奶会有的，啥啥都会有的。

对此，宋真宗有个非常漂亮的总结：

> 富家不用买良田，书中自有千钟粟。
>
> 安居不用架高堂，书中自有黄金屋。
>
> 出门莫恨无人随，书中车马多如簇。
>
> 娶妻莫恨无良媒，书中自有颜如玉。
>
> 男儿欲遂平生志，六经勤向窗前读。

他教导自己的子民，一定要好好读书，读书的好处实呀么实在多。你想发财致富吗？读书吧！你想住大别墅吗？读书吧！你想随时有人伺候吗？读书吧！你想娶漂亮老婆吗？读书吧！你如果想活得痛快、实现一辈子的所有理想，那就来，多多读书吧！

——这诗，怎么读都有点"传销"的意味，蛊惑性真强。

宋人闲情
SONGREN XIANQING

公共场所篇 二三履印自浅深

宋朝社会文明的先进性常常体现在对弱势群体的关怀力度上。

那些情调之类也很棒，但这或许才是宋风、宋韵、宋式风雅最迷人的部分。

那时候，已经尝试着精准扶贫。人们普遍活得有劲，眼里有光，心中有希望。

大家一起朝前走，少有掉队的——贫困人家养不起孩子，官厅会给养孩子的钱，甚至代养；没钱上学？没关系，各地公办学校是不收学费的，有的县则象征性地收两个钱，实在交不起的学生，官厅会为他免掉；没钱看病？别怕，有安济坊（公立医院），免费治疗；老无所依，有居养院（养老院），每天免费领米和钱，走了有漏泽园（免费公墓）；普通人家没有园林，就带头开放皇家园林，不收费；人们生活不便，就倡导建造公厕……

虽说还有不好、不完善的地方，有很多毛病，可看这些大处，谁能不原谅呢？

四十七、宋朝有公厕吗？当时人们用不用厕纸？

有问有答，屎尿狼藉。

无问无答，雷霆霹雳。

——〔北宋〕释如净《偈颂二十五首》（其一）

有啊，宋朝有公厕的，数量还不少。

纵使你才高八斗，或貌比貂蝉，也免不得上厕所。到这里，谁也别说谁的屁股更高贵。

释如净石破天惊，以屎尿诠释禅理，假设元朝的倪瓒和他是朋友，一定会因此愤然绝交——倪瓒可爱干净了，他家厕所是一座空中楼阁，香木搭建成格子，下面填土，中间盖着洁白的鹅毛，"凡便下，则鹅毛起覆之，一童子俟其旁，辄易去，不闻有秽气也"。如若搁到现在，他得上热搜——网友会实时群嘲：忒矫情。

北宋程师孟去洪州（今江西南昌）做官，在府中辟了一室，取名"静堂"，用来静养休息。因为喜欢，所以他每天都会来，还作了首诗——《题静堂》，其中有句："每日更忙须·到，夜深长是点灯来。"很像一副厕联。意思是，每天再忙我也要来一次，夜深时也常点灯过来。他的朋友李元规看了诗，笑着打趣："你白天来、晚上来，还必须来、经常来，这不是上厕所吧？"

还真有许多厕联，其中一副无名氏作品风趣幽默："得大解脱，有小便宜。"嵌大俗，得大雅。破尘言，见佛语，堪称奇巧。

两宋时期，公厕承载着门户网站的功能，扮演沟通桥梁的角色——人们在这里交流信息，家长里短地说点小八卦，张贴小广告，"王婆婚介所""武大郎炊饼店""西门庆药铺""武松精武馆""潘金莲眉笔""孙二娘迷药"……很过瘾。

到中国学习过的日本僧人曾手绘一本图册，叫《五山十刹图》，其中有一幅画的是金山寺东司。东司不同于后世的东厂，而是彼时公厕。

宋朝公厕的密度和干净豪华程度都十分惊人，格局与现在已非常接近，既有蹲坑，又有小便池，两者分开。另外还有洗手池——旁边有烤炉，兼提供热水、烘干毛巾和冬天取暖好几种功能。这设施，说穿越过来偷去了今天的公厕设计稿也不为过。

走进金山寺公厕，肯定更惊掉你的下巴："面阔九间，进深四间"，至少有六百平方米，里面还设有衣帽钩，用来悬挂衣物和随身物品。古人的衣服特别拖拉，于是公厕有了这种细节上的考究——脱下来，挂上。

更有意思的是，公厕已经发展成了盈利性质的事业。唐末宋初，里坊被打破，城市繁华，公厕增多，还出现了专业清扫厕所的工种——倾脚头，专门负责收集厕所粪便，汇聚到一处。

多数公厕是私人建的，这些盖起公厕的有心人不仅开放厕所，还找专门的人来打扫：一是响应号召做公益，二是获取对农耕来说最珍贵的东西——大粪。雇倾脚头收集，为其发工资，然后将大粪卖给农民。这也算一门生意。"庄稼一枝花，全靠肥当家"，没有化肥的时代，这话一点不假。

上一回，我们说到的那个"蟋蟀宰相"贾似道，他曾拥有华厦，却相传戏剧性地死在了这污秽之所——

人生起起伏伏，起或伏到了一定程度，就会走向反面。极盛时，国事家事，许多事集中爆发，他命运突转，被流放广东，一路上受尽羞辱和折磨——押解他的县尉郑虎臣因父亲曾为贾似道所害，正有气没处撒呢。押解队伍到漳州时，一天晚上，贾似道做了一个噩梦，让他意识到自己可能活到头了。但他舍不得死，还想再挺挺。

不久，来到木棉庵，他心头的不祥之感更重了——看来真的是时候上路啦！他硬着头皮吞了大量冰片。谁知上吐下泻地折腾起来……

郑虎臣气得七窍生烟——熏死了！还让不让人活了！他冲进旁边一间简陋的公厕，抓住贾似道就往地上掼……就这样，一代奸雄被摔死在了厕所里。

说到厕纸，古人上厕所并没有执着于用这个——没有厕纸，执着没用。即便是宋朝，人们也压根没朝用纸这个办法上想——怎么可能？！书籍多神圣！况且纸张是贵重的，写字画画都不太舍得用。大书法家米芾平时练字，用的不过是芭蕉叶，为此还亲自种植、打理，辛苦得不是一点半点。

那时，人们大多用的是一种叫厕筹（也叫厕简）的竹片，在民间，它还有个诨名：搅屎棍。厕筹用过之后，搁水里冲冲，再重复利用，冰冰凉，很酸爽。也有就地取材的，树叶、石头或是土块，都还凑合。

由于厕筹的样子很像竹简，因此如今有人不明所以，会在家里收藏古人用过的搅屎棍。幸好没味道——哦，有味道也倒好了，当下识别，后来也就不必巴巴地小心伺候，仔细珍藏，还时不时取出来，凑到鼻尖上，满意地打量了。

假如有足够的地位，其实如厕条件还可以。比如，你穿越过去当了皇上，解决问题能用上纸张或丝绸，还可以用上冲水厕所——近代出土文物有证。

事实上，削厕筹也是技术活，厕筹非但要薄，还不能有毛刺。一般来说，削好以后，人们还会摩挲再三，看看舒不舒服。当然，就算厕筹削得再好，仍无法和纸相比，不是很卫生。不过，比起之前的日本皇族用蝉翼，英国王室用鲑鱼片，厕筹还是经济实惠的，知足常乐吧。

四十八、宋朝人的公共澡堂什么样？那时有搓澡工吗？

水垢何曾相受，细看两俱无有。寄语揩背人，尽日劳君挥肘。轻手，轻手，居士本来无垢。

——〔北宋〕苏轼《如梦令》

自净方能净彼，我自汗流呀气。寄语澡浴人，且共肉身游戏。但洗，但洗，俯为人间一切。

——〔北宋〕苏轼《如梦令》

东坡让搓澡的人下手轻点：细看水和垢，都是空——东坡曾手书小楷《心经》，深谙"空即是色，色即是空""不生不灭不垢不净不增不减"……净即垢，有即无，人本清净，一念作祟，而去执着，不分别，方是大道。他让一起洗澡的把洗澡看成游戏：自净方能净人，就算搓得疼，流汗倒吸冷气，可非如此不能俯身造福大众。

就这样，以悼亡入词、打猎入词、赴约入词、使词从樽前月下走向广阔社会和人生的苏东坡，笔下处处任性不拘——搓个澡都能揉进佛理。

他在词里提到的"揩背人"，其实就是搓背的。宋朝人给澡堂取了个好听的名字，叫香水行，老板会挂一把壶在门上，作为标志。所以，你梦回宋朝，如果看到一间商家，门上挂壶，那一定不是酒楼，就是个澡堂子。

东坡好友米芾因为爱干净过了头，不但洗澡搓得到了掉层皮的程度，朝服洗得也太勤，以致衣服同样到了掉层皮的程度——褪色严重，旧得像个小老头，结果被弹劾私自损坏朝服，被罢了官。因为这种原因被罢官，史上也是没谁了。

东坡另写过一首《安国寺浴》（节选）：

老来百事懒，身垢犹念浴。

衰发不到耳，尚烦月一沐。

看见没？老了老了，百事都懒得做了，还心心念念洗澡洗发呢。

宋朝人爱洗澡，为此，政府还体贴地发给高级上班族沐浴钱——参加祭祀，就发这个钱。同时对洗澡设立了一些规定，比如三伏天不能洗澡，春社日和夏社日也不能洗澡。按天干地支算，赶上鼠日和兔日也不可以下水……他们认为这些日子不宜洗浴。三伏天不洗澡，是个惩罚吧？

除了意识上有些禁忌，在选择洗澡日期上，他们对是否增益身体健康也很看重。立秋这一天不洗澡，公认这一天气温会过高，洗澡容易皮肤干燥；会选择在立秋后的第十八天洗澡，理由是这一天天气转凉，洗澡不会伤气血。这就人为地造成了澡堂的淡季和旺季。

因为自家烧这么多水很费劲，人力财力上都不划算，所以，澡堂成了民众的最佳选择，而澡堂经济盘活了一整个的产业链，很多大城市甚至有了洗浴一条街。

宋画中洗浴的贵妇

由于竞争激烈，澡堂老板们各显神通，致力做出自己的特色和优势：多数澡堂不仅有大池子，还有隔间；有些后屋是澡堂，前屋则设了茶室，供人饮茶吃茶点、喝冷饮、休息；还有的设了小舞台，演出人员带妆候场，唱歌、跳舞乃至玩杂耍、说平话的都有，如同一个微缩版的瓦肆勾栏，客人可以点，点到谁，谁就演出。对洗澡本身就更花心思了：冷热水可调，洗浴用品俱全，有的还根据顾客需要，在池子或木桶里撒上花瓣。

花几个汤钱，泡个热水澡，还有专人服务，慢慢悠悠，打发无聊，在这里待一天都不会腻，真是美滋滋。

不想花那个冤钱的话，可以不雇搓澡工，由自家仆人服侍入浴。这样有个好处，就是大大减少了不好意思的几率——如果有社交恐惧症，或有点忧郁症，让陌生人看自己的光屁股，恨不得去上个吊！那算了，还不如不来洗。

好的是，如果你不进大池子，除了搓澡工是避不开的，跟其他的洗澡人都可以不见面，因为大家都在自己的隔间里。这样就一点也不用怕生了，甚至很多诗人就喜欢去那里享受，隔着一个隔间，攀谈一下你的诗词我的诗词、当红歌星，怜怜和爱爱她们俩你更喜欢谁……吹吹牛，扯扯闲篇儿，这中间还有传话的人来回走动，真是舒服得不要不要的。当然，如果洗浴完毕，穿上衣服到澡堂附带的茶室边摇扇子边品茶，再高谈阔论会更优雅一些。

香水行够好、设施够完备了吧？大家都应该"趋之若鹜"。正如梁实秋所说："我们中国人一向是把洗澡当作一件大事的。"

哎，还就有例外，据说有人不喜欢洗澡，连衣服也不洗。

这人是谁？穷得拿不起这几文汤钱吗？

他就是我们非常熟悉的诗人、宋神宗时期的宰相王安石。

政敌"泼脏水"的可能性是很大的——王安石变法多么沸沸扬扬，触动了多少既得利益者的利益！他们编排他脏得没法看，说得有鼻子有眼的。卑鄙者卑鄙的程度常人难以想象。

大抵别的地方他们是挑不出什么的，只好亲口编。王安石非常自律，吃的穿的都和老百姓没什么两样，经常骑个小毛驴；一辈子忠于自己的夫人吴琼，与当时风气极不相符，以至于夫人看不下去，自作主张安排了一个小妾，结果被他坚决退回去，夫人的钱白花了；退休后也没什么大别墅，一直居住在现在的南京郊区，院子连个围墙都没有……"在朝不蓄势，在野不蓄财，公真圣人也！"他的同事吕惠卿如是说。

他只要好好为百姓做事，经济上清廉干净，就算懒得洗澡是真的，又有何妨？这点事……这又算点什么事？人家自己的隐私，又臭不到别人身上。教科书上的那些人是扁平的，一旦打碎重塑，有缺点，有点俗，才是生动的、立体的，才可爱。

就这样，一点一滴，发现一个人的、不同的生活小细节，然后拼拼凑凑，组合起来，一个有毛病却绝非讨厌的、活的人就出现了——好像坐上火车，在旅途那头就能找到他。

王安石如此，我们在这本书中提过的苏轼、米芾、陆游、黄庭坚、赵祯（宋仁宗）、司马光、欧阳修、梅尧臣、杨万里、李清照等，莫不如此。

四十九、宋朝的瓦肆勾栏指的是什么？里面到底有多好玩？

南瓦邀棚北瓦过，绣中小妓舞婆娑。

游人不尽香尘拥，箫鼓开场打野呵。

——〔宋〕无名氏　阙题

又是一首无名氏诗人的作品。

他显然很喜欢瓦肆里的项目，不停穿梭，看了跳舞的，也看观众们，还去看没有进邀棚的表演——听，他们的锣鼓家伙敲起来了，好戏就要开场啦！

"打野呵"，诗人用了一个术语，跟现在的"撂明地"差不多——剧场再多，也有进不去的，那么，这些被称作"路歧人"的流动艺人怎么办呢？有办法，路边找个空地，就算舞台，或说唱，或打把势卖艺，观众三三两两被吸引来，艺人则更加卖力气，亮出绝活儿。"荒年饿不死手艺人"，何况盛世？只要技艺精湛，银钱会雪片一样丢进场。观众不见得少，有时连树上都挤挤挨挨的。

宋代各朝几乎都不算穷，所谓富宋强唐，虽然近年对于两宋的富裕程度有争议，其城市的繁荣肯定是没毛病的，相比前人，好玩的东西更多了，演艺类节目开始有了集中表演场地。尤其是瓦肆勾栏的出现，算是开创了中国式剧院的时代——那要在美国，就是百老汇；那要在印度，就是宝莱坞。或许还不止如此。

瓦肆又叫瓦市、瓦舍、瓦子。这个名字让我们有点错觉——眼前一片瓦房顶，高高低低，望不到边。实际上，瓦肆与瓦没什么关系，而是取了"瓦合""瓦解"的涵义："谓其'来时瓦合，去时瓦解'之意，易聚易散也。"也有人认为瓦肆之名与佛教有关。总之，祖先取个俗名都带有哲学或宗教色彩——还有文学色彩，一丝喧闹与孤独形成巨大反差、演员式的悲凉。

〔宋〕佚名《眼药酸图页》

瓦肆是宋朝的市政工程，

由国家财政拨款修建，居民的娱乐活动中心。北宋汴梁有瓦肆近十座，规模最大的，设有大小勾栏五十余个。南宋临安的瓦肆在数目上又远超汴梁，不同的古籍记录，有十七到二十五处之多，勾栏则达上百个。瓦肆给两个国际化大都市注入了活力。上行下效，其他城市也纷纷打造瓦肆，丰富了当地群众的精神文化生活。

娱乐活动带火了商业——表演场所周围遍布饭店、茶馆、小吃摊，以及剃头、捏糖人、剪纸等手艺人的铺面，也有卖药、卖卜、喝故衣（叫卖旧衣服）、探博（赌博）等五行八作的地盘。游戏喧哗的地方甚至热闹到早上也停不下来，而无论风雨寒暑，瓦肆就没有没人的时候，人气爆棚。

比如，汴梁城内的桑家瓦子，勾栏众多，看棚宽大，艺人荟萃，以至让人"终日居此，不觉抵暮"，其中最大的勾栏象棚，一次可容纳几千人同时观看，每场演出都人声鼎沸。

没错，那些吸引人的表演场所就是勾栏。

勾栏，即剧院，内设舞台、后台、腰棚（观众席），四周以低矮的栏杆圈围，门口贴着宣传海报。有的勾栏在门口收入场费，有的勾栏则在演出当中向观众收钱。根据演出内容的不同，勾栏的布局和装潢也不一样。

瓦肆中，数量最多的设施亦当属勾栏，连河面上的画舫里也有说唱表演，经水面过滤，顺风飘来丝竹声，会别有一番韵致。船头常常贴出告示：今日满员。

婉约派词人秦观写过一首《满江红》，婉转，香甜，柔媚，还有那么一点点小暧昧，记的是勾栏歌唱的歌女：

> 越艳风流，占天上、人间第一。须信道、绝尘标致，倾
> 城颜色。翠绾垂螺双髻小，柳柔花媚娇无力。笑从来、到处

只闻名，今相识。

脸儿美，鞋儿窄。玉纤嫩，酥胸白。自觉愁肠搅乱，坐中狂客。金缕和杯曾有分，宝钗落枕知何日。谩从今、一点在心头，空成忆。

此《满江红》不是彼《满江红》，勾栏秦少游与沙场岳鹏举，词句、情绪、气质、精神，对比惨烈得真想哭。

这一首跟闹着玩儿一样——可不就是闹着玩儿。

瓦肆勾栏才真正是"文体不分家"，我们今天能想到的、几乎所有的表演项目都可以在这里找到：说书的、唱曲儿的、耍杂技的、玩幻术的、演南戏的、吹笛子吹箫的、演皮影的、摔跤的、相扑的、驯兽的、下棋的、蹴鞠的……如同一个巨无霸游乐场。

其中，仅说唱艺术就至少有：商谜、吟叫、小说、演史、讲经、合生、说诨话、演杂剧、学乡谈、学像生、叫果子、唱涯词、鼓子词、唱陶真、唱要令、唱赚等。大门类里面，还有大批的小门类。无论是谁，一驻足在此，便眉开眼笑——总有一样你喜欢。

诗僧释普济，平生随性而为，独自住在山林不宿人世，却也不拒绝娱乐，好赌博爱饮酒，喜欢听说书唱戏。南宋末期的某年某月，勾栏半日游有感，他写下《演史》：

干戈场是太平基，休把英雄较是非。

试问长空风与月，周秦汉魏不曾知。

他说战争是奠定和平的基础，无须把英雄们嚼出个是是非非（不过是各为其主）。问问天空的风和月，眼前的兴废争战（细节都是艺人演绎），遥远的古人是不知道的。

诗人暗劝观众：千古万事，笑谈而已，听听看看就罢了，别较真，代入感太强要不得。

怎么能不代入自己呢？或看商谜惊慕不已，或看歌舞如沐春风，或听诨话开怀大笑，或听小说三分痛哭失声，观众跟着进入情境，不觉神摇意夺。说话艺人中，女性颇多，如小

〔宋〕佚名《杂剧打花鼓图》

说的有史慧英，说经的有陆妙慧、陆妙静，演史的有小小娘子、宋小娘子、陈小娘子等，都有摄人心魂的本领。

也会有一线明星来进行商演，比如杂剧名角丁仙现、任小三，说书家徐明、赵世亨，歌唱家李师师、徐婆惜……每每其时，一票难求。

演出从春到冬，一年四季从不间断，不分昼夜，没白没黑，观众则像吃流水席，对特别喜欢的演员或节目会追看连场，那叫一个过瘾。到最精彩处，大家会齐刷刷站起来，鼓掌或跟着哼唱，身体左右摇摆……无论男女老幼，人人脸上绽开着笑容。那种充满生机的快乐是装不出来的。

这才是人应该有的生活，与生存有着质的区别。

诨话就是相声。有一年，秦桧之子及其两个侄子同时中了举人，引来一片哗然，都怀疑有内幕，但文武百官谁敢说啊？优伶可不管那一套，有两位很勇敢，直接把这件事编到一个段子里，在勾栏说了出来。

杂剧呢，多少有点小品的意思。它常以时事热点为素材，融姊妹艺术于一体，唱念作打舞，勾画众生相，辛辣鲜活，诙谐谑浪，痛快淋漓，所以极受欢迎。

比如，一出小戏，讲的是某宫廷厨师因馄饨未煮熟，而被高宗下

令收监。两个演员站在舞台中央，第三人问他们哪年出生？两人抢答："我甲子生"，"我丙子生"。问话的说："你们都该到大理寺受审，都该下大狱！"两人同问何故？答曰："你们夹子（一种类似饺子的食物）生，饼子也生，是不是也该与馄饨没煮熟的人同罪？"据说听到这个节目后，宋高宗把那个监狱里的厨师放了。

再如另一个独幕剧：宋真宗祥符年间，许多诗人经常抄袭唐朝李商隐的诗。演出时，演员扮演的李商隐上场，剧情是赴宴。因他衣着破破烂烂，众宾客作不解状，李说："我这是被别人撕扯成这样的啊！"

〔南宋〕苏汉臣《杂技戏孩图》

指作品被人剽窃，一点点分解，不成样子。观众会意，哄堂大笑——还真有点小剧场话剧的先锋劲儿呢。

后来还有了报幕员，人们称其为"竹竿子"。竹竿子在杂剧开始之前出来，向观众致意，引导观众并介绍剧情。历代被业内人士奉为"梨园鼻祖"的唐玄宗李隆基在宫内创立了中国最早的专业剧团，入宋后，杂剧不再是皇家专属的艺术，民众都能买票欣赏，剧团也有了布景和专业化妆师，属实不错。

对杂技、武术之类，比如魔术、顶碗、舞枪弄棒等，群众也喜闻乐见。还有表演硬气功的，大都为真功夫，作假的少，表演者眼神炯炯，自带气场，一亮相就是一个"碰头好"，到精彩处，观众狂叫动天，震屋响瓦，简直山呼海啸。

此外，驯兽表演也出现了。因为对外交往频繁，带来许多新物种，所以驯兽内容五花八门，有训练鹦鹉、训练大象、训练狗和熊的，还有训练狗熊的，来到中国的外国人都叹为观止。甚至有所谓的"蚂蚁斗阵"等如今已失传的驯兽技巧，在当时的东亚和中亚传开去。

宋朝的瓦肆勾栏里，连空气都流光溢彩。

五十、宋朝的公共园林有哪些？这一时期的园林为什么称"文人园林"？

洛下园池不闭门，洞天休用别寻春。

纵游只却输闲客，遍入何尝问主人。

——〔北宋〕邵雍《洛下园池》（节选）

邵雍诗里所说的，是洛阳的一处名园。洛阳的园林出色，李清照的父亲还曾写过一篇《洛阳名园记》呢。这个园子好，随便进，还不关门。不冷不热时节，在里面搭个小帐篷，摆上春盘食盒，闻花香，听鸟鸣，该多惬意。

还别说，古人专门将清明前后十天设成"探春"日，那段时光，四野如市，人满园亭，倾城载酒，画船箫鼓，抵暮而归……人人心头淌着蜜汁。

邵雍，北宋哲学家，兼道士和诗人。十首《梅花诗》，十大预言预测未来，成为千古谜团。比如第一首："荡荡天门万古开，几人归去几人来。山河虽好非完璧，不信黄金是祸胎。"提前五十年，预测到了靖康之乱。在说酒的篇章中，我们提过一嘴："一去二三里，烟村四五家……"与开头所引那首一样，同为其纪游之作，读来清新可喜，另一番的风味。

后来，他的儿子邵伯温写过一部《邵氏闻见录》，也描述了洛阳私园的开放性："洛中风俗尚名教……岁正月梅已花，二月桃李杂花盛，三月牡丹开。于花盛处作园圃，四方伎艺举集，都人士女载酒争出，择园亭胜地，上下池台间，引满歌呼，不复问其主人。"他化用自家父亲的诗句，再次记录了这个美好的习俗：连主人是哪位都不用问，也完全不必担心会被人赶出去。

司马光的独乐园同样如此，这个被称为"最朴素的园林"的园林，是实际上的众乐园。有位口碑不太好的大臣朱勔（miǎn），在苏州修建了私家花园，"植牡丹数千本，花时以缯彩为幕覆其上，每花标其名，以金为标榜"。男性游客入内观赏，需购门票："游人给司阍钱二十文，任入游观。""妇稚不费分文"，不但免费，还有酒食相待、礼品相送："春时纵妇女游赏，有迷其路者，老朱设酒食招邀，或遗以簪珥之属。"还要怎样？简直人间童话。

　　《东京梦华录》中，甚至收集了一份免费开放的公园名单，足有三十多个园林，其中包括皇家园林好几个。

　　金明池是皇家园林，名动天下的水上乐园，定期对公众免费开放。每每其时，御史台会"预出榜申明：祖宗故事，许士庶游金明池一月"，国家监察机关提前贴出公告：按照先朝惯例，开放金明池一个月，欢迎大家前往游园。

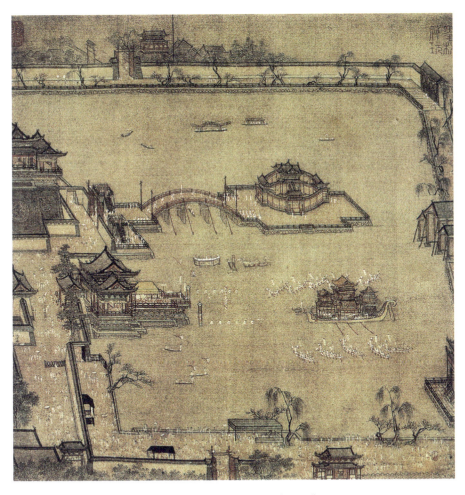

〔北宋〕张择端《金明池争标图》

到后来，春季游金明池成了汴梁的一大民俗。元宵节一过，大家已准备好了游园："都人只到收灯夜，已向樽前约上池。"开池之期，村姑也纷纷赶往京城："每开一池日，许士庶扑博其中，自后游人益盛，旧俗相传，里谚云：'三月十八，村里老婆风发。'盖是日村姑无老幼，皆入城也。"

所以，每年从三月一日到四月八日，金明池内游客如蚁，刮风下雨也来。按《东京梦华录》的记述："虽风雨亦有游人，略无虚日矣。"

王安石用一首《临津》，来描绘金明池开池日的园景：

> 临津艳艳花千树，夹径斜斜柳数行。
>
> 却忆金明池上路，红裙争看绿衣郎。

花明艳，柳成行，金明池的这些都很好，最好的、最难忘的，当然还是路上女孩们的开朗活泼——她们在那里争着看男子们呢。这里有个典故：每逢科考发榜日，有女儿的人家清晨便出动择婿车，到"金明池上路"，去选"绿衣郎"——新科进士，所谓"榜下捉婿"。金明池就是放榜的地方。

池中央的水心五殿虽是皇家殿堂，却不禁游人："殿上下回廊，皆关扑钱物，饮食、伎艺人作场、勾肆，罗列左右。桥上两边，用瓦盆掷头钱，关扑钱物、衣服、动使（日用品）。游人还往，荷盖相望。"水心五殿与仙桥都允许商民摆摊、赌博、表演节目。对游客来说，最高兴的事莫过于带着赢来的物品回家了——"游人往往以竹竿挑挂终日关扑所得之物而归"。

宋朝的第二位皇帝——宋太宗赵光义与他的兄长宋太祖赵匡胤一样，也喜爱文化，他更喜欢的是诗歌，不是书法。他存世的五百多首诗里，有相当一部分是记录自己的开心时刻的：

朱明日盛残花卉，琼苑争游喧帝里。

宝马香车去复来，几许人心欢不已。

金明水上浮仙岛，画舸龙舟非草草。

世宁清静验如然，老者携小少随老。

匼匝烟云杨柳岸，罗绮纵横长不断。

五谷丰登顺四时，亿兆歌谣绝愁叹。

康哉阗咽芳林下，一看难酬千万价。

升平听在乐声中，比屋可封民自化。

诗题为《缘识》，多首同题诗中的一首，借佛家术语，写金明池开放盛况。

人的本性里有得陇望蜀这一条，于是，温饱有余后，人们还想住得更好、玩得更好。于是，有了园林之类的事物。鉴于人性中同时藏着普天同乐的生命需求，所谓给比拿更愉快。于是，又有了私家园林不私有、主人客人共赏春这种止于至善的妙事。

营造园林就像作文或谱曲，有自己的主旨和调性。文官的地位较高，多能诗善画，审美力强，他们主动参与规划建造园林，所以园林诗情画意，称"士流园林"；士流园林进一步文人化，则又促成文人园林的繁盛局面。扬州的个园、润州的梦溪园、洛阳的王拱辰宅园等，都名噪当时，至今大都荣光犹在。设计者、建造者逝去，时光和空气仍在塑造它们。

反过来，园林诗、园林词的发展得益于诗情画意的园林，成为两宋诗词中的一大类别。

宋朝的皇家园林声名赫赫，布置、规模、气度等均属佼佼，无美不备。比如北宋汴梁的艮岳，南宋临安的德寿宫，无需多言。

同时，佛教发展到宋朝，内部各宗派开始融汇，完成了汉化的最

〔宋〕佚名《江山殿阁图》

终历程，成为地道的汉地佛教。相应地，寺院园林世俗化的倾向越发明显，同普通园林渐渐无异。道观园林也一样。出家人和在家人不约而同，于禅悦之风与园居之乐之间，取了一个中间值，走出一条天下大同之路——或许也应该归到公共园林的范畴里面。汴梁大相国寺、成都青羊宫、临安灵隐寺、泉州元妙观等，都是当时著名的寺观园林。

前面所述的文人园林中，有相当一部分是私家园林。私家园林是宋朝最流行的，出了大批根据自己的喜好设计宅园的人。爱竹子的，就栽一片竹林，比如苏州沧浪亭主人苏舜钦；景仰陶渊明的，就以他的诗境造园，比如巨野归去来园主人晁补之。这两位都是去职后在游历中途或回老家建的园。

——躲进小楼，不问春秋，所谓塞翁失马，焉知非福。

崇尚道家风格的，就修个仙游洞仙游亭，比如自称神仙后裔的丁谓；喜欢山水的，就造山挖湖植入奇花异草，比如集三代皇恩眷宠于一身的蔡京。他们分别是北宋初期、末期奸贪鸷诈之权相，因罪大恶极而罪不抵功，最后流落贬窜，客死他乡，都没能回到自己汴京城里的心爱宅园。

——海市蜃楼，转瞬成空，所谓染指于鼎，徒增恶声。

好在许多旧日园林尚存，可以循着古人足迹，遥想当年一些事情发生的缘由。绍兴的沈园是私家园林，可为什么陆游和唐琬能分别从两地出发去游园，还能在墙上先后题诗呢？就是由于宋朝的私家园林大都免费开放，常年或定期开放。就像此篇开头提到的那首诗中一样，园主慷慨，游人不必远行即可度假，真好。

可惜，明清时期，这个不成文的规矩被废弃掉了。颓不可逆。

其实，汴河与西湖，或随便什么山河湖海，又何尝不是巨大的公共园林？任何人都可以去看春天的花，感受夏天的风，去看秋天的落叶，感受冬天的阳光。它们不属于任何人，任何人又都拥有它们。

结　语

如果《清明上河图》是段短视频，视频上的人都去了哪里？

"你站在桥上看风景，看风景的人在楼上看你。明月装饰了你的窗子，你装饰了别人的梦。"想不到吧，如今我们就在宋朝人曾经喝茶看风景的地皮上，喝着茶，看着风景呢——看着他们看过的风景，他们也成了风景。而我们，也是别人和后人眼中的风景。

《清明上河图》边边角角，可以体会宋徽宗爱惜摩挲的手泽；苏堤地下几十米，可以想象苏东坡治理西湖的决心；围棋象棋残局处处，可以听见王安石友朋对弈的笑声朗朗；茶香四溢袅袅飞升，可以隐现李清照赌书泼茶的潇洒身影……江山代有才人出，而江山是主人是客——才人出，才人落，都过去了，只有江山如故。

宋朝建立前夕，五代十国战争不断，造成社会矛盾众多，带来的社会问题层出不穷。先时藩镇割据、诸侯争霸，在上，武将、文臣争权凶残，国家动荡；在下，以宗族为主的社会体系被打破，延续多年的基础管理失衡了。

在这个历史条件下，礼崩乐坏，善恶不分，人性越来越诡异——人退步了。

"拳头大就是大哥"，极小的一部分人为所欲为，他们好像是人好像又不是，恶性事件不断刷新着大众的认知底线……如此风气上下蔓延，受苦的还是百姓。

百姓中间也出现了问题。这个时期，全民焦虑，大都清苦，心灵荒芜，缺乏信仰，出现了群体性迷失。一个民族没有信仰是可怕的，这样继续下去只有灭亡。因此首先要做的，便是树立民族信仰，而信仰需要自下而上，进行潜移默化的改变。

于是，宋朝采取不一样的政策，选择崇文抑武，精神上以人为本，政策上以民为本，重建社会秩序，重塑伦理道德。

崇文抑武带来的弊病便是军事孱弱。当受到觊觎和进攻时，便吃了大亏，国土一分为二，舍弃北方，南方得以保全。君臣的南渡又带来民众的大批南渡，其中很多是才干出众的人才。

世事从来两难，如此又利弊参半：南北方民众都希望南宋军队北上，收复故土，南宋朝廷则选择无视，埋头建设南方，支撑了152年。他们各怀心事，也怀念，也愤慨，也无奈，也充满希望。

历史长河中，多兴盛的朝代都不过一瞬，而对朝代本身来说，却是漫长的岁月，其间，几代甚至几十代人生生死死、死死生生。南宋在北宋开创好局面的基础上有了进一步的探索。思想的开放，政策的支持，人口与技术的优势，加上自身原本的优势，造就了南方农耕经济和商品经济的双繁荣，人民开始安居乐业，文化教育逐渐昌明。

虽然还有些矛盾无法解决，但显然，民众吃得好了穿得暖了，知书达礼，有余力去玩乐、去休闲。这些都滋养了诗歌，尤其是宋词的生长，致使宋词登上文学巅峰。

民众的笑与泪，民众的生活，都被记录在诗歌里。

一卷长长的《清明上河图》，活动着人影。他们"拍摄"下了宋朝。

千载之下，我们试图用一首宋诗或宋词，引入一项宋朝生活小样本，重叠，分层，从不同角度描摹往日时光，帮助我们重新感受那年那人那种滋味那些事情。

一段短视频的宋朝，定格成了照片。我们亦终将如是。

那些人都去了哪里？我们也终将去往那里。只是我们希望（也相信他们曾经希望），我们离开后的世界要好于我们存在过的世界。

这就够了。

参考文献

1.〔南宋〕孟元老：《东京梦华录》，中国画报出版社，2013 年。

2.〔南宋〕吴自牧：《梦粱录》，浙江人民出版社，1984 年。

3.〔南宋〕周密：《武林旧事》，中华书局，2007 年。

4.〔南宋〕周密：《癸辛杂识》，中华书局，1988 年。

5.〔宋〕无名氏：《新刊大宋宣和遗事》，中国古典文学出版社，1954 年。

6.〔北宋〕苏轼：《东坡志林》，中华书局，1981 年。

7.〔北宋〕陈敬：《香谱》，江苏凤凰文艺出版社，2019 年。

8.〔元〕脱脱等：《宋史》，中华书局，1977 年。

9.〔明〕施耐庵：《水浒传》，人民文学出版社，1997 年。

10.〔清〕徐松：《宋会要辑稿》，中华书局，1957 年。

11. 崔连仲：《世界通史》，人民文学出版社，2000 年。

12. 吴枫主编：《简明中国古籍辞典》，吉林文史出版社，1987 年。

13. 黄剑：《搜尽奇峰——中国山水画通鉴25》，上海书画山版社，2006 年。

14. 何智勇：《西湖十景赋》，杭州出版社，2020 年。

15. 傅璇琮等主编：《全宋诗》，北京大学出版社，1991 年。

16. 简墨：《宋词之美——情愫深深在词间》，当代中国出版社，2013 年。

"宋韵文化生活系列丛书"跋

2021年8月，省委召开文化工作会议，对实施"宋韵文化传世工程"作出部署。在浙江省委宣传部、杭州市委宣传部及上城区委宣传部领导和指导下，杭州宋韵文化研究传承中心牵头抓总，组织中心学术咨询委员会专家具体承担"宋韵文化生活系列丛书"编撰工作。

浙江省委始终高度重视文化强省建设，在深入推进浙江文化研究工程的同时，部署实施"宋韵文化传世工程"，着力构建宋韵文化挖掘、保护、提升、研究、传承工作体系，让千年宋韵在新时代"流动"起来，"传承"下去。在浙江省社科联的大力支持下，本套丛书被列为"浙江文化研究工程"重大项目。经过一年多努力，丛书编撰工作顺利推进，并取得阶段性成果。

丛书共16册，以百姓生活为切入点，力求从文化视角比较系统地叙述两宋时期与百姓生活密切相关的重要文明史实、重要文化人物与重要文化成果，期望通过形象生动的叙述立体呈现宋代浙江的文脉渊源、人文风采与宋韵遗音，梳理宋代浙江文化的传承发展脉络。这项工作，得到了省内外众多高校与研究机构的积极响应，也得到了史学界、文学界及其他领域众多专家学者的全力支持。各位专家学者承接课题以后，高度重视、精心谋划、认真写作，按时完成撰稿，又经多领域专家严格把关，终于顺利完成编撰出版工作。

在丛书编撰出版过程中，我们突出强调三方面要求：一是思想性。树立大历史观，打破王朝时空体系，突出宋韵文化的历史延续性，用历史、发展、辩证的眼光，从历史长河、时代大潮中把握宋韵文化历史方位，全面阐释宋韵文化特色成就，提炼其具有历史进步意义的文化元素，让每一位读者通过阅读这套丛书，对宋韵文化形成基本的认知，对两宋文化渊源沿革有客观的认识。二是真实性。书稿的每一个知识点力求符合两宋史实，注重对与文化紧密相关的经济、外交、军事、社会等领域知识的客观阐述，使读者对宋代文明的深刻内涵、独特价值及传承规律形成科学的认识，产生正确的认知。三是可读性。文字叙述活泼清新，图片丰富多彩，助力读者开卷获益，在阅读中加深对宋韵文化多层面、多视角的感知与体悟。我们希望这套成规模、成系列的通俗类图书的出版，能对全省宋韵文化研究与传承工作起到推动促进作用。

在丛书即将付梓之际，谨向参与丛书组织领导和撰稿的专家学者表示衷心的感谢！向所有为这套丛书编辑出版提供支持帮助的朋友表示诚挚的感谢！

"宋韵文化生活系列丛书"编纂委员会

2023 年 4 月 17 日